AUSTROFRED

HARD ON!

ROMAN

Czernin

Austrofred: Hard on! / Austrofred
Wien: Czernin Verlag 2013
ISBN: 978-3-7076-0462-7

Gestaltung: Mitter Klaus
Umschlagbild: Plakatmalerei Reinhold Busch nach einer Vorlage von Mitter Klaus
Lektorat: Sabine Edith Braun
Druck: Druckerei Theiss GmbH, A-9431 St. Stefan
ISBN Print: 978-3-7076-0462-7
ISBN E-Book: 978-3-7076-0463-4

Danke: Habbel Conny, Wagner Karin, Bayrhuber Wolfgang, Futscher Christian, Brunbauer Oliver, Kaindlstorfer Günter, Pertramer Ingo, Preiml Bernd

OUVERTÜRE

Wahnsinn – anders kann, nein, anders *darf* man das nicht nennen, was sich in dem brechend vollen Club abspielt. Purer, unpackbarer Wahnsinn. Hunderte Menschen feiern, jubeln, verlieren sich in Ekstase. Brutaler Sound durchzuckt die Körper der Tanzenden, von den modernen Stahlbetonwänden hallen ihre Schreie wider. Kondenswasser fließt in breiten Strömen den Boden entlang, verdampft, sorgt für tropisch-heiße Atmosphäre. Erregt erleben wir die pulsierenden Schlussminuten eines Rockkonzertes. Die Menschen starren auf die Bühne, fasziniert, gebannt, gefesselt …

Wer aber ist das Ziel ihrer Projektionen, ihrer Wünsche, ihrer Sehnsüchte? Wer steht da auf der Bühne, der die Leute derartig ausrasten lässt und sie gleichzeitig in ihrem innersten Wesen berührt? Indem er sie *erkennt*? Nur mit seiner *Music*, seinem *Body*, seiner *Personality*? Es ist ein schlanker, dunkelhaariger Mann. Dynamisch, gut aussehend, jung oder zumindest beste Jahre, auch er in Ekstase. Wild wirbelt er das Mikrostativ um seine weltgewandten Hüften, stöhnt er wie ein Stier! Er hat bei dieser Show alles gegeben.

Aber nicht nur er, auch sein Publikum hat sich verausgabt. Erwachsene Männer umarmen sich, streicheln sich, können nicht fassen, was sie da erleben. Einzelne weinen sogar. Die Tränen rinnen ihnen in die buschigen Oberlippenbärte, von denen man überdurchschnittlich viele sieht an diesem Abend. Wahrscheinlich wollen die Männer – und komischerweise sind es wirklich fast nur Männer – ihrem ebenfalls barttragenden Idol möglichst ähnlich sein.

Gelenkig wie ein Fakir schüttelt sich der Feschak auf der Bühne jetzt die übermenschliche Anspannung vom Leib. Da! Er reißt sich sein Leiberl herunter, steht plötzlich mit nacktem Oberkörper da. Schweißperlen rinnen den muskulösen Körper entlang, ein Lächeln umspielt seine geschürzten Lippen. Mit lockendem Augenaufschlag flüstert er etwas ins Mikrofon, fast verschämt. Man versteht es kaum, doch die Intimität ist spürbar, lässt allen im Raum den Atem stocken. „Pfiat eich", haucht er gerührt. Dann löst er sich scheinbar im Bühnennebel auf. – Magie.

Wie aus einem Traum erwacht jetzt das Publikum. Ist das Konzert denn schon zu Ende? Darf es schon zu Ende sein? Erste Stimmen fordern bereits eine Zugabe, weitere gesellen sich dazu, immer mehr und noch mehr. Formiert zu einem unüberwindbaren Strom, skandieren sie den Namen des Künstlers: „Üz-trü-früd! Üz-trü-früd!"

Üz-trü-früd?, wird sich der aufmerksame Leser jetzt denken, wieso denn *Üz-trü-früd* und nicht *Aus-tro-fred*, wie der Name des Sängers – das habt ihr nämlich längst erraten – in Wirklichkeit lautet? Und wer sind die vielen bärtigen Männer im Publikum?

VORWORT

Geschätzte Leserinnen und Leser,
liebe Fans,

also, ich muss ganz ehrlich sagen, der Anfang von diesem Buch ist mir schon einmal super gelungen, spannungstechnisch, das kann mir keiner abstreiten. Weil erst glaubt man, aha, alles klar, da wird ein ganz ein normales Austrofred-Konzert beschrieben, aber halt mehr literarisch, gehoben, und auf einmal, zack zack, schreit das Publikum „Üztrüfrüd!", und man kennt sich nicht mehr aus. Was ist da los?, fragt sich der neugierige Leser.

Ich darf das Geheimnis jetzt lüften: Und zwar handelt es sich bei den jubelnden Schnauzbartträgern um türkische Austrofred-Fans. Ach so, wird der vife Leser kombinieren, am Ende spielt dieses Buch während einer Türkenbelagerung? Weil wer weiß, vielleicht hat sich der Austrofred mit der Zeitmaschine aus seinem letzten Buch[1] zurückgebeamt ins circa 17. Jahrhundert, und dort sitzt er jetzt und schnapst eine Runde mit dem Prinz Eugen. Oder mit dem Großwesir Kara Mustafa – je nachdem halt, zu wem er hilft. Das Gegenteil ist der Fall: Nicht die Türken

1 *Du kannst dir deine Zauberflöte in den Arsch schieben – Mein Briefwechsel mit Wolfgang Amadeus Mozart*, Czernin Verlag 2010.

belagern nämlich Wien, sondern der Austrofred belagert die Türkei und erobert triumphal die Istanbuler Clubszene! Und wie es zu dem gekommen ist, darum geht es in diesem Buch.

Bekannterweise habe ich schon etliche Bücher geschrieben, sehr erfolgreiche sogar, wie ich zwecks Vollständigkeit erwähnen darf, aber in einem gewissen Sinn ist dieses Buch trotzdem auch ein bisschen ein Debüt, indem es nämlich mein erster Roman ist, im Endeffekt. Weil die anderen Bücher waren ja autobiografisch und von dem her keine Romane. Wobei das hier im Prinzip auch autobiografisch ist – alles ist genauso passiert, wie es hier steht! –, aber ich habe es halt spannend geschrieben, mit Anfang und Schluss und allem, und teilweise in der Er-Form. Also, *ER haut sich ein Stamperl hinein* statt *ICH haue mir.* Sprich: mehr Story, weniger Ego. Weil ich sage es ganz ehrlich, ich brauche das nicht mehr, dass ich mich selber immer in den Mittelpunkt stelle. Über diese Phase bin ich hinweg. Trotzdem lasse ich es mir natürlich nicht nehmen, dass ich hie und da auch einmal in die Ich-Form herüberswitche, wenn ich meinen Fans meine Gedanken und philosophischen Überlegungen quasi kommunizieren möchte. Das ist einfach direkter und ehrlicher, und mit dieser Ehrlichkeit bin ich immer gut gefahren.

Apropos: Dieser Roman ist das Dokument einer sehr schweren Zeit. Es geht darin durchaus auch um Niederlagen, die ich erlitten habe, durch Fremdverschulden in erster Linie, aber auch durch den einen oder anderen Fehler, den ich selbst gemacht habe, indem ich ja auch nur ein Mensch bin. Von dem her stehe ich in diesem Buch nicht immer nur als der Lässige da. Es gibt sogar Passagen, wo ich mir denke, wenn ich das jetzt im Nachhinein lese, da geniere ich mich richtiggehend dafür. Möchte ich überhaupt, dass mich meine Fans so sehen?

Aber ich habe mir nun einmal vorgenommen, dass ich meinem Publikum gegenüber immer zu hundert Prozent aufrichtig und offen bin. Und dass ich diese Offenheit besitze, das ist schon sehr bewundernswert,

findet Euer

ERSTER TEIL

1

Unter frenetischem Jubel und zahllosen *Isteriz!*-Rufen – dabei hat er schon drei *Zugaben* gegeben! – gleitet der gutaussehende Mann, den sie hier Üztrüfrüd nennen, ausgepowert von der Bühne. Trotz seiner extremen Erschöpfung tupft er sich nur kurz mit einem Badetuch die Schweißtropfen von der Stirn, schleudert den drecknassen Fetzen dann ins Eck und federt mit überraschend dynamischem Schritt Richtung Backstageraum, wo vor der Tür schon unzählige Fans auf ihr *Ütügrümm* warten.

Ja, der Kontakt zu seinen Fans war für den Üztrü- beziehungsweise Austrofred immer schon sehr wichtig – er sieht sich ja in erster Linie als Diener seines Publikums und erst in zweiter Linie als Genie –, aber in Istanbul hat die Beziehung zu seinem Publikum noch einmal eine ganz andere Dimension gekriegt, und zwar eine tiefer gehende. Entgegen dem in Österreich vorherrschenden Klischee sind die Türken nämlich extrem gefühlsbetonte und positivistische Menschen. Sie umarmen einen, sie herzen einen, sie busseln einen ab. Sehr körperlich.

Oft passiert es dem Austrofred in einer Location, dass ihm einer auf die Hinterpartie greift – dauernd, eigentlich –, und er sich umdrehen und „Sen sen!“ sagen muss. Das ist türkisch und heißt „Du du!“ Aber das findet er nicht so tragisch, weil er weiß ja, dass die Leute das nicht machen, weil sie so lästig sind, sondern aus einem Freundschaftsgefühl heraus. Der Türke sucht einfach den Körperkontakt, die direkte Nähe zum Künstler. Er braucht das. Er streichelt dir den Oberarm oder reibt dir den Rücken und drückt damit aus, wie sehr er dein kräftiges Organ schätzt, deine powervolle Voice.

Wie freudlos geht dagegen der westeuropäische Mensch mit seinen Idolen um! Sicher, er stellt einem Goethe oder einem Grillparzer schnell einmal ein Denkmal wo auf – aus kühlem Gips oder hartem Stein. Aber wer weiß, vielleicht wäre es dem Goethe viel lieber gewesen, man hätte ihn nicht als Marmorstatue in die städtischen Grünflächen gestellt, sondern es hätte sich zu Lebzeiten öfter einmal einer an ihm gerieben.

Jedoch, genug von diesen Gedanken, weil sie tun einem Künstler nicht gut. In Wirklichkeit tut ihm nur der Schädel weh davon. Seit einem halben Jahr lebt der Austrofred jetzt schon am Bosporus, aber immer wenn er an seine alte Heimat zurückdenkt, an seine Landsleute, dann verdüstert sich sein Blick. Er ist zu sehr enttäuscht worden …

2

„Ja, was treibt denn dieser Austrofred in Istanbul?“, höre ich schon die Literaturkritiker sempern, „ist das literarisch überhaupt motiviert?“ Aber da sollen sie ruhig sempern, die feinen Herren, weil das ist nämlich sehr wohl motiviert, dass der Austrofred geflohen ist. Und zwar vor niemand anderem als vor ihnen selbst und ihren Kollegen, den Musikkritikern, die mir voriges Jahr meine *Fire, Light & Austrofred*-Tournee so verrissen haben, diese Arsch-, mit Verlaub, -löcher.

Fire, Light & Austrofred war meine bislang ambitionierteste Live-Show, eine philosophische Laser-Experience, die weit über ein normales Rockkonzert hinausgegangen ist, fast schon in Richtung Kunst. Dieser Event war die wahrscheinlich größte österreichische Musik-Innovation, seit der Joe Zawinul den Hip-Hop[2] und der Falco den Rap entwickelt haben, und das ist doch schon wieder einige Jahre her. Aber das haben die „Fachleute" natürlich nicht übernasert.

Ja, wenn ich ihnen einmal mehr meine Greatest Hits heruntergedrückt hätte, meine mittlerweile ins quasi Allgemeingut eingegangenen Queen-Interpretationen, dann hätten sie brav applaudiert, weil das sind anerkannte Klassiker. Wenn da einer etwas dagegen schreibt, dann wird er ausgelacht. Aber bei dieser – ich zitiere aus meinem Pressetext – „atemberaubenden Mehrzweckhallen-Klangwolke", da haben sie sich gedacht, jetzt können wir uns einmal beim Austrofred dafür revanchieren, dass wir uns in seinem Schatten immer so klein und nichtig vorkommen. Endlich können wir dem Austrofred das Hackl ins Kreuz hauen.

Aber so ist das halt: Wer Erfolg hat, der hat auch Neider. Für mich selbst ist Neid dagegen ein Fremdwort. Ich gönne einem jeden, der etwas leistet, von Herzen seine Anerkennung. Oft gehe ich nach dem Auftritt von einem Kollegen zu ihm hin und sage, „Gratulation, das hast du super gemacht". Weil aus eigener Erfahrung weiß ich, wie gut das tut. Und wenn ich schon einmal im Backstageraum bin, hole ich mir natürlich geschwind auch noch zwei, drei Gratis-Biere aus dem Künstler-Kühlschrank.

2 Das ist übrigens keine Übertreibung, dass der Zawinul den Hip-Hop erfunden hat, weil das hat er selbst oft genug in Interviews gesagt. Allerdings hat er bei ihm noch nicht Hip-Hop geheißen, sondern *Zawa-Beat*.

Besonders hervorgetan bei meiner öffentlichen Hinrichtung hat sich ein untersetzter Salzburger Kritiker namens Sigi Neidhart,[3] der gleich in mehreren Zeitungen auf mich hingebissen hat, teilweise sogar unter falschem Namen! Das war direkt schon ein Mobbing, das der da begangen hat! Dabei hat dieser feine Herr selbst in seinem ganzen Leben nichts geleistet, künstlerisch. Angeblich hat er einmal in ein paar sogenannten Elektropop-Bands gespielt, aber was beweist das schon? Das beweist, dass er einen Drumcomputer einschalten kann. Ergo kann er zwei Worte Englisch: *On* und *Off.* Für mich ist das keine große Leistung. *Neidhart* ist für einen solchen ein sehr passender Name, weil den hat wirklich der Neid verhärtigt – der Neid auf diejenigen, die es geschafft haben!

Überhaupt gibt es eine ganze Reihe richtiggehend entlarvender Namen in der österreichischen Kritikerszene. Einer heißt zum Beispiel *Fasthuber* – wie in *fast, aber nicht ganz* –, ein anderer *Fluch.* Und genau so schreibt er auch. Ein dritter nennt sich *Schachinger* – was klarerweise auf das Schachspiel verweist, bei dem es auch nur darum geht, wie man dem Gegner möglichst gefeanzt ein Haxl stellt – und ein vierter *Ostermayer* – wo sich ein jeder besprochene Künstler natürlich sofort mit den Kreuzesqualen des Jesus Christus identifiziert, der ja ebenfalls von den Ungläubigen hingerichtet worden ist. *Nomen ist omen*, kann ich da nur sagen. Wenn die alle auch noch mit Vornamen *Würstel* heißen täten, dann wäre es perfekt, weil um genau solche handelt es sich bei diesen verkrachten Existenzen. Ein jeder von denen ist nur

3 Hier habe ich ganz bewusst den Vornamen von Didi auf Sigi geändert, und zwar aufgrund von einem gewissen Datenschutz, beziehungsweise damit er mich nicht anzeigen kann. Außerdem unterstreicht das noch einmal den fiktiven Charakter von diesem Buch.

glücklich, wenn er etwas hat, wo er hinpecken kann! Das ist ihr natürlicher Hinpeckreflex, der vor keiner Menschenwürde halt macht.

Das geht teilweise so weit, dass vor einigen Jahren im Wiener *Falter*, einem besseren Kinoprogrammheftl, gestanden ist, original, „der Austrofred ist ein Trottel". Wortwörtlich. Für so etwas könnte ich sie eigentlich verklagen. Das tue ich aber nicht, weil da bin ich mir zu gut dafür. So etwas ignoriere ich. Außerdem, sagt mein Anwalt, ist es sehr schwierig, dass man das Gegenteil beweist, juristisch gesehen. Trotzdem können sich diese Herrschaften eines ins Stammbuch schreiben: Ein Austrofred vergisst nichts, niemals. Ich habe alles in meinem Hirn gespeichert!

Der unmenschlichste von allen ist aber sicherlich besagter Neidhart, der mir in den *Pongauer Nachrichten* allen Ernstes vorgeworfen hat, ich treffe keine richtigen Töne mehr. Dabei treffe ich heute mehr Töne als je zuvor! Dann schreibt er noch, sinngemäß, dass meinen Schas sowieso keinen mehr interessiert und dass es mir nur ums Geld geht und nicht um die künstlerische Leidenschaft. Weil wenn du mit deiner Musik Geld verdienst, dann ist das in den Augen von solchen Kritikern – aber auch von einigen Häusln unter den Fans[4] – natürlich ganz besonders verwerflich. Letzten Endes entblödet er sich nicht einmal, mir den Stromverbrauch von meiner Lasershow vorzuhalten. Ich bin neugierig, ob im alten Rom, wie der Michelangelo die Sixtinische Kapelle ausgeweißelt hat, auch irgendwer gesagt hat, „geh Michelangelo, vertu nicht so viel Farbe!". Ich glaube nicht.

4 Merke: Ich rede hier nicht von den vielen wunderbaren Fans, die dieses Buch gekauft haben und es jetzt gerade lesen, sondern von den anderen.

Was mich an den Hervorbringungen vom Neidhart besonders ärgert, ist, dass er seine Anschüttungen feig von Salzburg aus schreibt. Alle anderen Kritiker sitzen wenigstens in Wien, da kann ich mich, wenn der Fluch zum Beispiel im *Standard* etwas geschrieben hat, wo ich sage, das gehört sich nicht, einfach bei einem Konzert an die Bar stellen und warten. Und wenn er dann kommt – weil er muss ja noch die letzten zehn Minuten mitkriegen, damit er eine geschmalzene „Rezension" schreiben kann –, dann sage ich, „he, Charly, das war aber nicht ganz ok, was du da wieder zusammengeschustert hast", und dann entschuldigt er sich und wir trinken ein Seiterl und es passt wieder. Oder ich mache es so wie beim Tartarotti vom *Kurier*, der mich beim Judas-Priest-Konzert schief angeschaut hat. So schnell hat er gar nicht wieder gerade schauen können, ist mir schon das Bier aus der Hand gerutscht! „Mea culpa tausend Mal, das wollte ich nicht, jetzt bist du ja ganz nass!" – So einfach geht das in Wien. Nur: Wann (und für was) komme ich denn schon nach Salzburg?!

Freilich, was soll man sich auch anderes erwarten von einem solchen Typus wie dem Neidhart. Schon allein wie der ausschaut! Ein gestauchter, gedrungener Rumpf und eine finstere Visage – direkt fürchten müsste man sich, wenn man nicht lachen müsste. Sein Markenzeichen: ein Strohhut, den er aber nicht nur im Sommer auf hat, sondern auch im tiefsten Winter. Wie gestört ist das denn, bitte?! Im Winter setzt man keinen Hut auf, sondern eine Haube, weil die geht über die Ohren. Mir tut er jedenfalls nicht leid, wenn er sich verkühlt. So ein Depp. Dass er trotzdem, wie man hört, einen gewissen Erfolg hat bei den Damen, das kann ich mir echt nicht erklären. Wahrscheinlich sind das lauter Publizistik-Studentinnen, die gerne einmal ein Praktikum bei ihm hätten. Weil eines seiner journalistischen Spezialgebiete, habe ich mir sagen lassen – ich selber lese so etwas ja nicht –, ist nämlich die sogenannte „Geschlechterpolitik". Ja, das kann ich mir vorstellen!

Auf jeden Fall haben mich diese Anwürfe sehr getroffen, weil ich habe ja niemals etwas anderes im Sinn gehabt als das Wohl von meinem Publikum. Und das Publikum – diese Anmerkung sei mir an dieser Stelle schon auch einmal erlaubt – war begeistert von *Fire, Light & Austrofred*, ich möchte sogar sagen, überwältigt! Bei meinem Auftritt in Innsbruck war eine Behindertengruppe von der Lebenshilfe unter den Zuschauern, von denen haben nicht weniger als sieben einen epileptischen Anfall gekriegt, wie ich mit den Strobos hineingefahren bin. Das hat mir natürlich extrem leidgetan und ich habe allen Betroffenen umgehend eine Schachtel Milka-Herzen zukommen lassen. Trotzdem zeigt diese Geschichte, was für eine Power die Show gehabt hat. Zwei der diensthabenden Zivildiener sind danach sogar freiwillig von der Lebenshilfe zum Bundesheer gewechselt.

Nur, was hilft dir die beeindruckendste Show, wenn du in der Presse verächtlich gemacht wirst und dir deswegen die Zuschauer ausbleiben. Freilich war dem einen oder anderen vielleicht auch der Eintritt zu teuer, weil die Show war technisch und personell so aufwendig, dass ich die Kartenpreise auf vierzig Euros plus hinaufevaluieren habe müssen. Und damit habe ich noch nicht einmal die Laser-Anschaffungskosten herinnen gehabt, sondern ich habe sogar noch eine Hypothek auf meine nächste Tour aufnehmen müssen – für die ich schon große Pläne gehabt hätte: Fünftausend Pappendeckel-Aufsteller habe ich produzieren lassen, von mir in Bühnenpose, voll in Action, die hätten neben und hinter mir auf der Bühne stehen sollen. Optisch der Überhammer.

Leider ist es zu dieser Tour nicht mehr gekommen: Nach der nicht ganz optimalen Auslastung von *Fire, Light & Austrofred* sind viele Veranstalter – darunter etliche damalige Freunde, von denen ich aber heute nicht einmal mehr die Namen weiß, weswegen ich sie leider auch nicht mehr grüßen kann – vorsichtig geworden, um nicht zu sagen feig, und haben ihre Bookings storniert. Ich hätte ihnen noch angeboten, dass sie mir die Gage in Zahngold auszahlen können oder dass ich ein *Happy Birthday* bei ihrer privaten Geburtstagsfeier drauflege, oder den *Alten Kameraden*, wenn einmal der Opa stirbt, aber das hat alles nichts geholfen – die Negativspirale war nicht mehr zum Aufhalten. Nach einem langen und ertragreichen Berufsleben in der höchsten Bonitätsstufe war ich in den Augen der Öffentlichkeit auf einmal auf Ramsch-Status heruntergestuft. Mit Stichtag 31. Jänner 2013 war das Austrofred-Kompetenzzentrum mitsamt meiner Probebühne, meinem Komponiertisch, den fünftausend Pappendeckel-Champions und meinem gesamten technischen Equipment Eigentum der Raiffeisen Genossenschaft mbH. Meine Mitarbeiter haben noch am selben Tag in den Schalterdienst wechseln müssen, und mir selber ist nichts geblieben als das, was ich am quasi Leib getragen habe. Zu meinem unendlichen Glück war das mein Bühnenoutfit …

3

Drei Dinge haben mir in dieser ausweglosen Phase das Leben gerettet. Erstens, dass ich meine wertvollen Outfits, ohne die keine Austrofred-Show denkbar wäre,[5] aus der Insolvenzmasse herauslösen habe können, zweitens die Tatsache, dass ich von meinem Naturell her einfach ein Stehaufmanderl bin und niemals den Glauben an mich selbst verliere, und drittens eine vom Timing her im Endeffekt schicksalhafte Konzertanfrage aus Istanbul.

Und zwar hat sich da nämlich ein türkischer Event-Manager namens Sancar, der mich bei der Alleinunterhalter-Messe in Wischibrod gesehen hat, akkurat eingebildet, er muss bei sich daheim einen Austrofred-Gig veranstalten, unbedingt, weil so etwas wie mich haben sie nicht in Istanbul. Und obwohl ich auf elf seiner Booking-Anfragen abschlägig geantwortet habe, beziehungsweise am Schluss gar nicht mehr – weil ich habe mir gedacht, was tu ich da drunten –, hat sich wieder einmal ausgezahlt, dass da einer an seinen Traum geglaubt hat und konsequent am Ball geblieben ist: Weil beim zwölften Mal hat es dann, dank meiner finanziellen Verzweiflung, gepasst. Der Sancar hat endlich seinen Austrofred-Gig gekriegt und ich in dieser schwierigen Zeit ein Hoteldach über dem Kopf und eine halbwegs okaye Gage nebst Fahrt- beziehungsweise Fluggeld.

Tieftraurig, das weiß ich noch, bin ich damals am Schwechater Skylink in meinen Flyniki[6]-Flieger nach Istanbul gestiegen.

5 Das stimmt so nicht ganz: Wie damals der Film *Ganz oder gar nicht* mit großem Erfolg im Kino gerannt ist, habe ich auf ein paar an den Film angelehnten Themenpartys nicht in meinem tradierten Outfit gespielt.
6 Ich persönlich fliege sehr gerne mit Flyniki, obwohl das ja eine sogenannte Billigfluglinie ist. Aber dafür sind sie halt auf der anderen Seite sehr billig.

Aber auch wütend. Wütend über das, wie vonseiten der österreichischen Medienlandschaft mit mir umgegangen worden ist. Wütend über die Ignoranz in diesem Land. Wenn in Österreich, habe ich mir gesagt, ja wenn in unserer gesamten westlichen Welt die wahren Werte, und somit auch der Austrofred, so mit Füßen getreten werden, dann ist die Zeit gekommen laut aufzustehen und zu sagen, nein, das finde ich nicht gut, das lasse ich mir nicht mehr gefallen. Viel zu lange war ich ein viel zu guter Latsch. Ich gehe (beziehungsweise fliege)!

Dann ist eine Stewardess gekommen und hat gesagt, der Niki Lauda fliegt heute selber und er hat auf der Passagierliste gelesen, dass der Austrofred an Bord ist, und jetzt täte er sich so wünschen, dass ich ihm ein bisschen Gesellschaft leiste, vorn im Cockpit, als Co-Pilot quasi.

So habe ich Österreich verlassen: in der Pilotenkanzel. Ohne dass ich noch ein einziges Mal zurückgeschaut hätte. Für was auch, hinten wäre eh nur die Tür vom Cockpit zum Sehen gewesen.

4

Ein Windstoß erhebt sich am Flughafen Istanbul-Atatürk, lässt aufgeregte Vorahnung prophetisch durch die Atmosphäre raunen. Schicksalsschwer und erhaben dröhnt aus der Ferne eine tieffrequente Maschine, der gleißend-blaue Himmel über dem Bosporus bildet bereits die pfeilgerade Spur ihrer wattig-weißen Abgase ab. Noch geht der wuchtige Sound der Motoren im geschäftigen Treiben des Airports unter, noch ist dieser Airbus A320 nur ein Flugzeug von hunderten und aberhunderten, die hier täglich landen. Doch in wenigen Minuten wird er eine brisante Ladung ans Ziel bringen, einen scheinbar einfachen Bürger aus dem gebirgigen Herzen des Kontinents, der bald die hiesige Musikszene auf den Kopf stellen wird …

„Geh leck, das ist ein gescheites Käuwü!", entfährt es dem Ausnahmekünstler beim Anflug auf Istanbul. Wobei *Käuwü* der oberösterreichische Ausdruck für *Kalb* ist, und *gescheit* heißt in diesem Zusammenhang nicht *klug*, sondern *groß* oder *gewaltig*. Er hat sich also gedacht, auf Hochdeutsch übersetzt: „Was für eine enorme Stadt!" Nur war der fesche Mitteleuropäer in diesem Moment so überwältigt von dieser quasi Megacity mit ihren 15 Millionen Einwohnern, dass er das im Kopf nicht so spruchreif gedacht hat, sondern eben auf Oberösterreichisch. In der Sprache seiner Kindheit. Außerdem war er schon ein wenig düd, weil der Niki Lauda so viel geredet hat beim Fliegen. In einer Tour hat er dahingesempert: Das Bodenpersonal ist so deppert, die Gewerkschaften sind so deppert, der Alain Prost ist so deppert. Und so weiter und so fort. Diesen Typen kannst du nicht ausschalten! *Düd* ist übrigens ebenfalls ein oberösterreichischer Ausdruck und heißt in etwa: *Nicht zu hundert Prozent anwesend, geistig*. Düd halt.

15 Millionen Einwohner, das sind, wenn man sich das kurz durchrechnet, doppelt so viele wie in ganz Österreich. Klar, dass so eine Stadt eine gewisse Ausdehnung hat, flächenmäßig. Über drei Stunden und folgende Verkehrsmittel braucht der Austrofred, bis er endlich im Hotel ist: erst zu Fuß einen Kilometer zum Taxi, dann mit dem Taxi zur Fähre, weiter mit der Fähre zum Bus, mit dem Bus zur Station vom Dolmus – das ist so eine Art Babybus –, mit dem Dolmus zwanzig Minuten quer durch die Stadt, dann wieder eineinhalb Kilometer zu Fuß und danach noch mit dem Taxi zum Hotel. Endlich im Hotel angekommen,

muss der erschöpfte Künstler feststellen, dass er eigentlich schon längst beim Soundcheck im *Hard on* sein müsste und dass dieser Szene-Club aber am anderen Ufer ist, sprich: in Asien! Na, dann latscht er halt mit dem sauschweren Equipment auch noch über den kompletten Bosporus. So ein Tschoch![7]

Trotz dieser Strapazen wird der Gig im *Hard on* ein gewaltiger Erfolg. Der Austrofred spürt, da geht etwas in Istanbul, wenn er sich hineinhaut. Weil genial sein, ein mitreißender Performer, das ist schön und gut, aber du musst auch hackeln können wie ein Viech! Wer die vielen Leute sieht, die dem Üztrüfrüd auf der Bühne zujubeln, der darf auch nicht die tausenden Flugzettel vergessen, die er eigenhändig an den Ampeln unter die Scheibenwischer der Istanbuler klemmt, seine täglichen Tonleitern und die unermüdliche Mund-zu-Mund-Propaganda. Aber es zahlt sich aus: Innerhalb von wenigen Wochen wird er in jedem Szenelokal spielen, das in Istanbul und den umliegenden Katastralgemeinden etwas auf seinen Namen hält: im *Sailor's Heaven* und im *Pink Hercules*, im *X-Large* und im *XX-Large*, im *Golden Fountain* und im *XXX-Large*. Und überall begeistert er sein Publikum, reißt es zu Beifallsstürmen hin.

7 Das ist übrigens eine der wenigen rein fiktiven Stellen in diesem Buch, weil natürlich bin ich in Wirklichkeit mit dem Taxi direkt zum Hotel gefahren. Alles andere wäre gestört, weil das zahlt ja der Veranstalter. Ich wollte aber ein bisschen ein Gefühl für die Größe der Stadt vermitteln, literarisch quasi, und darum habe ich das so geschrieben, wie ich es geschrieben habe.

5

Bekannterweise hat Istanbul nicht immer Istanbul geheißen. Älteren Lesern ist die Stadt vielleicht noch als Konstantinopel in Erinnerung, ganz alten – meine Bücher sind ja besonders beim Literatur- und also Seniorenpublikum sehr beliebt – sogar noch als Byzanz. Je nachdem, wer halt gerade so die Chefitäten waren, politisch, und was da namenstechnisch am besten dazugepasst hat. Weil das ist immer ganz wichtig, dass ein Name zu dem passt, was er bezeichnet. Ich selber bin dafür das beste Beispiel, weil im Namen *Austrofred* steckt sowohl *Österreich* drin als auch der *Freddie Mercury*, und von dem her also mein komplettes künstlerisches Programm. Das ist genial. Ein anderer, faderer Name könnte das nicht leisten. Als, Hausnummer: *Frank Wetzl* hätte ich niemals eine solche Karriere hingelegt.

Das ist ein bisschen wie beim Boris Bukowski, den man bekannterweise fast täglich am Ö1 hören kann, als *Rudi, der Radiohund*. Da erklärt er mit seiner markant-rauen Stimme so physikalische Sachen und Zusammenhänge auf kind- (und hund-) gerechte Art und Weise, und dafür passt dieser Name perfekt. Aber wenn er sich dann am Abend als Rudi, der Radiohund auf die Bühne vom Metropol stellen und *Trag meine Liebe wie einen Mantel* singen würde, dann wäre das unglaubwürdig. Hunde haben keine Mäntel.

Egal ob Istanbul, Byzanz oder Konstantinopel – der dortige Autoverkehr war sicher zu jeder Zeit ein Wahnsinn. Die Türken fahren nämlich wie die gesengten Sauen, weswegen es auch keine Radlfahrer (mehr) gibt. Auch keine Mopeds. Nur Autos. Die einzigen Verkehrsteilnehmer, die man außer Autos noch sieht, sind Schafe, und auch die im Endeffekt nur in der

Herde. Ein einzelnes Schaf ist im Istanbuler Verkehr genauso derschossen.

Natürlich ist das für den westlichen Besucher gleich einmal ein Gag, wenn er mitten in der Großstadt auf so eine Schafherde trifft, weil das ist man aus Österreich nicht gewohnt, zumindest nicht aus Wien. In gewissen „Landeshauptstädten" kann das durchaus schon einmal passieren, dass einem Bauern wo eine Kuh *ledig* wird – so nennt man das im Fachjargon, wenn ein Rind der Stallung entflieht – und sich in den nächsten Kreisverkehr stellt, wo sich aber keiner darüber wundert, weil ein jeder hält die Kuh für eine sogenannte *Kunst im öffentlichen Raum.* Es ist aber keine *Kunst* im öffentlichen Raum, sondern eine *Kuh* im öffentlichen Raum. Da ist teilweise ein Unterschied dazwischen.

Eine andere Besonderheit vom Istanbuler Straßen- respektive Konsumleben ist, dass sich die einzelnen Geschäftssparten nicht auf die ganze Stadt verteilen, wie zum Beispiel in Wien, wo du in Meidling ein paar Elektriker hast, und in der Brigittenau ein paar, und in Hietzing auch, sondern die haben da teilweise hochspezialisierte Straßen, wo es dann ausschließlich nur Installateure gibt, einen neben dem anderen, oder nur Goldschmiede. Wirklich wahr! Es gibt auch Straßen, wo alle dasselbe verkaufen, was weiß ich, nur Gürtelschnallen zum Beispiel, oder Glühbirnen.[8]

Auch Friseurstraßen gibt es natürlich, weil das ist den Menschen hier sehr wichtig, dass die Frisur und der Schnauzer sitzen. Da darf nichts ausfransen oder asymmetrisch geschnitten sein, was ich persönlich auch sehr vernünftig finde und

8 Richtig gelesen: In der Türkei gibt es noch die gute alte klassische Glühbirne mit ihrem warmen und menschenfreundlichen Licht. Weil sie sind ja nicht in der EU, deswegen. Das schreibe ich aber ganz wertfrei.

grundsympathisch. Besonders positiv fährt mir ein, dass einem die sogenannten Barbiere auch die Augenbrauen, die Nasenhaare und die Ohrenhaare stutzen, weil im Gegensatz zum Deckhaar nimmt dieses Wachstum im Alter stark zu, das weiß ich aus eigener Erfahrung. Aber das muss ja nichts Schlechtes sein: Ein gescheiter Mann hat einmal festgestellt, dass dichte und lange Augenbrauen auf ein durchschlagskräftiges und sexuell standfestes Naturell hindeuten. Ich weiß aber nicht mehr, wer das gesagt hat – entweder der beliebte Journalist Günther Nenning oder der frühere deutsche Finanzminister Theo Waigel. Einer von den zweien jedenfalls.

Was das Straßenbild in Istanbul ebenfalls stark prägt, das ist die Grillerei. Weil wenn der Türke einen Hunger hat, dann grillt er sich einfach etwas, wurscht wo. Teilweise siehst du sie neben der Autobahn stehen mit dem Griller, oder im Stiegenhaus. Einmal ist es mir sogar passiert, dass sich einer in einem Club – im *Butt Club* war das, wenn mich nicht alles täuscht – zu mir auf die Bühne gestellt und seine Grillstation aufgebaut hat. Ich habe natürlich sofort den Song abgebrochen und ihn ganz höflich angeschnauzt, ob er leicht, auf gut Türkisch gesagt, einen Klescher hat. Aber er hat gesagt, er war den ganzen Tag in der Hackn und jetzt hat er halt einen Hunger und von dem her grillt er sich jetzt etwas, basta. Natürlich hätte ich ihn sofort hinausschmeißen lassen müssen für diese Frechheit. Er hat aber speziell für mich ein paar Schweinefleisch-Spießchen dabeigehabt, und das habe ich dann so rührend gefunden, dass ich nur geschmunzelt und ein bisschen mitgenascht habe. Und durch die Rauchentwicklung habe ich mir sogar die Nebelmaschine gespart.

6

Nach meinen ersten Gigs hat es in der Istanbuler Szene nur ein Gesprächsthema gegeben: *The genius from Austria* und sein (für türkische Ohren) ungewohnt frischer Austropop-Sound. Das Telefon vom Sancar, der als ortskundiger Fachmann mein Booking übernommen und in meinem Namen jedem türkischen Musikjournalisten ein Packerl Manner-Schnitten geschickt hat,[9] hat gar nicht mehr aufgehört zum Läuten – jeder Veranstalter mit ein bisschen einem Gespür für Trends wollte den Üztrüfrüd buchen. Und mit jedem Auftritt habe ich meinen Heimflug wieder um ein paar Tage verschoben. So lange, bis sich die Frage gestellt hat, ob ich nicht überhaupt gleich herziehe. Weil wenn das Geschäft rennt, was spricht da dagegen?

Freilich: In ein fremdes Land ziehen, in dem man die Sprache und die Kultur nicht versteht, das ist immer auch eine Herausforderung, ein Risiko. Die Leute in Istanbul denken einfach anders, sie arbeiten anders, sie haben eine andere Mentalität. Kann ich mich daran gewöhnen? Den Ausschlag zum Umzug hat dann der Sancar gegeben, der mir gratis ein Zimmer zur Verfügung gestellt und gesagt hat, probier es einfach einmal aus, Üztrüfrüd, abreißen kannst du immer noch.

Ich weiß noch, wie ich am ersten Abend in meinem unmöblierten Kammerl gesessen bin. Die abfärbigen Wände haben gefeuchtelt, durch die Fenster hat es gezogen und statt einem Bett ist nur eine Matratze am Boden gelegen. Es war richtiggehend deprimierend. Damit wenigstens ein bisschen eine Farbe im

9 Ich habe später zwar erfahren, dass in den meisten Fällen nur Brösel in den Redaktionen angekommen sind, aber die Aktion hat sich trotzdem ausgezahlt, weil der gute Wille war ja intakt, und nur das zählt.

Raum ist, habe ich meinen Reisepass und mein Flyniki-Ticket an die Wand gepickt. Mit Kaugummi. Nicht einmal ein Tixo habe ich besessen.

Auf einmal, mitten in meiner ärgsten Depression, klingelt es. Ein paar Kollegen haben eine Sammelaktion gemacht für mich, und jetzt stehen sie vor der Tür, mit Kisten und Kartons bepackt. Diese lieben Menschen! Dass muss man sich einmal vorstellen: die namhaftesten DJs und Unterhaltungskeyboarder der Istanbuler Clubszene, Leute, von denen man glaubt, die leben nur ihr Nightlife, untertags gibt es die gar nicht. Alle sind sie da, in ihren steilen Disco-Outfits, und alle bringen sie mir etwas. Die einen etwas Praktisches, einen Eierkocher zum Beispiel, oder Grillanzünder, die anderen eine Kleinigkeit für die Wohnlichkeit. Ein paar Pölsterchen hier, ein Blumenvaserl da. Darunter auch richtiggehend unanständige Sachen! Zum Beispiel eine Gipsskulptur von einem männlichen Geschlechtsorgan. In „bereitem" Zustand! Natürlich war mein erster Gedanke, dass ich dieses geschmacklose Trumm sofort aus dem Fenster hinausschmeiße, wenn gerade keiner schaut, weil so etwas ist ja überhaupt nicht mein Stil. Was täten sich denn da die vielen Damenbekanntschaften denken, die ich in Istanbul zu machen gedachte? Es hat sich aber herausgestellt, dass die Skulptur, neben die Tür gehängt, eine sehr praktische Garderoben-„Stange" abgibt und ich verwende sie noch heute.

Ich muss zugeben, dass ich direkt beschämt war von dieser Gastfreundschaft. Ich selber wäre nie auf eine solche Idee gekommen, und ich glaube, die meisten von meinen Landsleuten auch nicht. Meine Erleichterung und die allgemeine Freude und Positivität haben dann ihren Ausdruck in einer ausgelassenen Polsterschlacht gefunden, die wir nicht einmal unterbrochen haben, wie wegen einem Stromausfall[10] eine halbe Stunde lang das Licht weg war. Wie junge Hunde haben wir – erwachsene Männer! – uns auf der Matratze und am Boden gebalgt und probiert, dass wir uns gegenseitig die Unterhosen ausziehen. Eine Riesen-Gaudi!

7

Während sich der Austrofred an seine ersten Tage in Istanbul zurückerinnert, wird die Schlange bei den Ütügrümmen immer kürzer – die meisten Fans sind entweder schon heimgegangen oder auf die Tanzfläche, shaken. Ein paar vergnügen sich auch im *Darkroom*, einer typisch türkischen Einrichtung, vergleichbar mit unserer *Rüscherlbar*. Allerdings hat sich der Sänger damit nie so recht anfreunden können, weil das Licht dort noch diesiger ist als in einer Rüscherlbar und die Leute teilweise noch zudringlicher, was sie natürlich nicht so meinen – Stichwort: Mentalität! –, aber dem Austrofred ist das trotzdem ein bisschen unangenehm. Ganz hat er sich halt doch noch nicht lösen können von seinem unterkühlten westlichen Denken.

Ein einziger Fan steht jetzt noch an, ein früherer Gastarbeiter. Dafür hat der Austrofred mittlerweile ein Gespür. In den letzten Monaten sind nämlich sehr oft Leute an ihn herangetreten, die einmal in Österreich gearbeitet haben und seit dieser Zeit Fans von ihm sind. Meistens erkennt man sie an ihrer sentimentalen Aura, beziehungsweise in diesem Fall auch ganz konkret am traditionellen

10 In Istanbul gibt es fast täglich einen Stromausfall, was für einen elektrischen Rockmusiker sehr bitter sein kann. Es empfiehlt sich, dass man für solche Notfälle immer ein, zwei A-cappella- oder Unplugged-Stückln parat hat.

Gastarbeiter-Outfit: Sicherheitshelm und Latzhose. Letztere auf nacktem Oberkörper, was der Austrofred extrem witzig findet.

Überhaupt fällt dem sensiblen Sänger auf, dass pfiffige Outfits für die jungen Türken in den Clubs das Nonplusultra darstellen, speziell aus Gummi- und Ledermaterialien, und das empfindet er auch als etwas sehr Positives. Weil in Österreich hast du ja teilweise Leute im Trachtenjanker bei den Gigs stehen. Dagegen wäre grundsätzlich nichts einzuwenden: Er selbst hat auch hin und wieder einen Trachtenjanker an, wenn er nach München fährt, zum Beispiel, aufs Oktoberfest. Aber das eine ist halt eine Bier-Ekstase und das andere eine Rock-Ekstase, das sind zwei grundverschiedene Dinge (auch wenn sie sich teilweise bei seiner eigenen Show vermischen beziehungsweise gegenseitig steigern) und das soll sich auch in der Bekleidung widerspiegeln. Der Trachtenjanker ist einfach kein geeignetes Outfit zum Besuch eines Rock-Events.

„Meina Freind", sagt jetzt der Austrofred zu dem ehemaligen Gastarbeiter, „wo du gehackelt in Österreich?"

„Oh, habe ich gehackelt in Graz fünf Jahre. Gut Stadt, Graz. Gut Geld. Aber habe ich gemusst zurück in Türkei."

„Du Familie?"

„Ich nix Familie, Hodscha[11]. Hab ich gehabt Familie frieher, aber nix gut. Frau nix gut. Jetzt besser."

„Ja, für mich auch nix gut, wenn mich hat Frau an Leine. Muss ich haben Freiheit. Aber ich immer sage, Leute sind verschieden. Eine so, andere so."

„Ja, Şef[12], eine so, andere so. Aber Austrofred, ich wisse von Fernseher in Österreich, dass du bist große Schnitzeltiger. Wie

11 Türkisch: Lehrer, Geistlicher.
12 Türkisch: Chef.

schmeckta Essen in Istanbul? Weil ist viel Lamm, was nicht paniert. Bist du nicht gewohnt von Österreich. Schmeckta gut, ha?"

„Naja, schmeckta geht so. Weil bin ich verwöhnt mit Essen. Meine Mama immer kocht ganz besser. Gulasch super, Schnitzel super. Aber Mehlspeisen beste. Mehlspeisen sie ist perfekt. Sage ich nichts gegen türkisch Mehlspeise, mit viel Honig und picksüß, aber kriege ich leider immer stärkste Durchfall davon."

Und das ist die Wahrheit! In den ersten drei Wochen, die der Austrofred in Istanbul war, war das, was hinten herauskommt und das was vorne herauskommt, wenn ihr wissts, was ich meine, so gut wie nicht zum Unterscheiden, rein vom Aggregatzustand her. Wobei ich damit naturgemäß meine, dass das Hintere so beschaffen war wie sonst nur das Vordere, nicht umgekehrt. Klar, sonst wäre das ja arg. Naja. Falls diese Info jetzt wem zu intim war, möchte ich ihn noch einmal auf den fiktiven Charakter (Roman!) dieser Aufzeichnungen verweisen.

„Usta[13]", sagt der Ex-Gastarbeiter, „was ista los mit dir? Schausta traurig. Du hasta Heimweh?"

„Heimweh? Ich nix Heimweh! Für was? Frage ich dich, für was? In Österreich viele böse Leute. So viele Trottel."

„Ja, Trottel gibt schon. Aber Mama, was macht beste Mehlspeisen, ist auch Österreich, oder?"

„Ja", gibt der Fred jetzt zu, „sicher, die Mama, die Mehlspeisen ..."

Und auf einmal versagt ihm die Stimme. Weil auch wenn sie in den U-Bahn-Zeitungen wieder schreiben werden, *Nestbeschmutzer Austrofred rechnet mit Österreich ab*, wenn dieses Buch herauskommt –

13 Türkisch: Meister.

und das ist ihm vom PR-technischen Standpunkt auch nicht unrecht –, die Wahrheit ist halt doch die: Der Champion liebt sein Heimatland über alles! Weil da kommt er her, da gehört er hin! Man könnte direkt sagen, dass da das Eis von seiner Seele schmilzt, symbolisch, wenn er in der Fremde an Österreich denkt. Circa so wie von einem Gletscher im April. Aber die Heimat ist weit entfernt: Über 1500 Kilometer trennen den Apfel Austrofred von seinem Stamm Österreich, laut Navi.

8

Oft lesen wir in unseren Medien von den Unterschieden zwischen Türken und Österreichern und dass das nicht zusammengeht, kulturell. Da muss es zwangsweise kleschen. Ich halte es aber für einen großen Fehler, wenn man immer nur die Unterschiede hervorhebt und die Reibungsdinger, wo es doch auch so viele Gemeinsamkeiten gibt, geschichtlich. Den Kaffee beispielsweise, oder den *Spitz von Izmir.*

Unter dem *Spitz von Izmir* versteht man jenes Tor, mit dem der Schneckerl Prohaska uns beim WM-Quali-Match gegen die Türkei am 30. Oktober 1977 zur Weltmeisterschaft in Argentinien geschossen hat, wo wir dann bekannterweise die Deutschen 3:2 hinein- und also aus dem Turnier hinausgehaut haben. Viele Fußball-Experten sagen neuerdings, es ist ein Fehler, dass man das Córdobaspiel immer so verklärt, wie wenn das das einzige Spiel wäre, das je etwas gezählt hätte auf der Welt. Und damit haben sie recht: Auch der so wichtige Sieg in der wild-romantischen Hafenstadt Izmir hätte eine solche Wertschätzung verdient! *Spitz* bedeutet übrigens – das muss ich dem Laien vielleicht erklären –, dass der Schneckerl den Ball gar nicht gescheit mit dem Rist getroffen hat, sondern nur mit der Fußspitze, wo du normalerweise ausgelacht wirst dafür, weil nur ein Nudelaug schießt mit dem Spitz. Aber wurscht, die Kugel war drin.

Den Kaffee wiederum haben uns die Türken vermacht, wie sie im 17. Jahrhundert, nach erfolgloser Belagerung Wiens, wieder abgerauscht sind Richtung Morgenland und dabei ein paar Sackln Kaffeebohnen liegen lassen haben, weil sie sich gedacht haben, das Zeug zahen wir jetzt sicher nicht wieder heim! Die Wiener haben dann gesagt, wär schad drum, sieren wir uns doch ein paar Tasserl, und so ist die berühmte Wiener Kaffeehauskultur nebst halbmond(!)förmigem Kipferl und charmantem, jedoch verhaltensgestörtem Personal entstanden. Wobei meiner bescheidenen Meinung nach der Kaffee in Österreich schon deutlich besser ist, weil ich finde das durchaus eine zivilisatorische Errungenschaft, wenn man den Kaffeesatz, der sich oft ungut in den Zähnen verfängt, nicht mitserviert. Wer einmal mit einem Mädchen geschmust hat, das vorher einen türkischen Kaffee getrunken hat, der weiß, was ich meine.

Aber auch dort, wo es Unterschiede gibt, muss das nicht automatisch etwas Negatives sein. Das ist ja zwischen Männern und Frauen genauso: Viele meiner Geschlechtsgenossen haben sich wahrscheinlich schon oft gedacht, schade, wenn meine Gattin nur ein bisschen mehr so wäre wie meine Spezln bei den Stockschützen, wenn sie ein wenig mehr Interesse zeigen täte an Details der österreichischen Fußballgeschichte (siehe oben) und ihr nicht immer gleich eine Migräne einschießen täte beim Anblick der leichtesten Unsauberkeit im Wohnzimmer, verursacht, Hausnummer: durch ein Paar Socken zum Beispiel, ein unglücklich platziertes, dann wäre mein Leben nicht so geschissen. Auf der anderen Seite denken sich ihre Frauen, wenn mein sogenannter Göttergatte mir nur hin und wieder ein wenig ein Kompliment machen oder er über seine Gefühle reden würde, dann wäre ich schon glücklich. Beziehungsweise wenn er überhaupt etwas reden würde. Aber im Endeffekt sind es dann oft gerade die Unterschiede, die uns in einer Partnerschaft zusammenhalten. Insbesondere die körperlichen Unterschiede, welche aber anatomisch perfekt aufeinander abgestimmt sind. Stichwort: Nut-und-Feder-Prinzip.

Interessant übrigens, dass es im Islam zwar nur einen Gott gibt, nämlich den Allah, aber ein Mann dafür bis zu vier Ehefrauen haben kann, rein vom Glauben her, während es bei uns vier Götter gibt – Gott Vater, Gott Sohn, Gott Heiliger Geist, das sind schon einmal drei, und ich persönlich zählerte auch noch die Jungfrau Maria dazu – aber Frau darf man nur eine haben. Ich weiß jetzt nicht welche, aber irgendeine Bedeutung hat dieser Unterschied sicher auch.

Wobei ich sagen muss: Mir persönlich wäre ja eine schon zu viel, was täte ich denn da mit vieren? Ja, wenn es stattdem eine Religion gäbe, wo man sich eine Frau teilen könnte! Mit dem Roman Wallner zum Beispiel, dem ehemaligen Teamstürmer, weil der ist mit der Schwester von der Mirjam Weichselbraun zusammen, an einer solchen würde ich mich durchaus beteiligen. Und wieso auch nicht? Die ist genauso fesch wie die Mirjam selber, aber sie hat nicht diese unangenehme ORF-Nähe.

9

Nachdem ich kein Wort Türkisch kann, habe ich mich in meiner ersten Zeit in Istanbul hauptsächlich mit Händen und Füßen verständigt. Man glaubt gar nicht, wie weit man damit kommt! Mein sehr gutes Englisch und mein passables Hochdeutsch haben freilich auch nichts geschadet, weil nachdem fast jeder dort Verwandte in Österreich oder in Deutschland hat, jetzt können viele Türken sehr gut Deutsch.

Am besten mitteilen können habe ich mich aber durch die Musik, weil das ist eine Sprache, die die Menschen über alle Grenzen und Hautfarben hinweg miteinander verbindet. Das ist durch Hirnströme nachgewiesen, beziehungsweise sogar historisch: Schon im Mittelalter sind fahrende Gesellen mit ihren Lauten und Dudelsäcken durch die Länder gezogen und haben dabei die Kulturen vermischt. Das war aber, muss man dazusagen, in der Zeit vor AIDS und Alimenten.

Der Erste, der dann professionell Musiker aus den verschiedensten Kulturen in ein Ensemble zusammengeholt und das *World Music* genannt hat, war der Joe Zawinul. Es ist immer noch faszinierend, wenn man sich heute Live-Mitschnitte vom Zawinul und seiner Band Weather Report aus den Siebzigerjahren anschaut. Da spielt ein Afrikaner das Saxofon, ein Tscheche den Bass, ein Peruaner Schlagzeug und ein Puerto-Ricaner die Bongo-Trommel. Und dabei schlagen sie sich nicht nur nicht die Schädel ein, sondern sie erschaffen gemeinsam eine spannende musikalische quasi Fusion, ganz ohne Vorurteile. Hin und wieder schauen sie zu ihrem österreichischen Keyboarder, wie wenn sie sagen wollen, „Ist gut, Massa?“, und der nickt, spielt ein paar lässige Licks am

Oberheim-Synthesizer, und alle sind zufrieden. Diese Musik ist der beste Beweis dafür, dass Grenzen nur in unseren Köpfen existieren.[14] Aber der Joe Zawinul hat da sowieso nie irgendwelche Berührungsängste gehabt. Weil wenn man sich anschaut, wer so die wichtigsten Wegbegleiter in seinem Leben waren: der Miles Davis, der Wayne Shorter, der Thomas Klestil – lauter Schwarze!

Ich höchstpersönlich habe übrigens vor einigen Jahren den Zawinulpark im dritten Wiener Gemeindebezirk eröffnen dürfen, ein herrliches Naherholungsgebiet, für Hunde in erster Linie. Große Ehre. Leider hat die IG Weltmusik damals gegen meine Ernennung Berufung eingelegt, weil sie gesagt haben, du kannst ein Jazz- und sogar Worldgenie wie den Zawinul nicht durch so einen Rocktrottel wie den Austrofred ehren lassen. Aber gut, das ist denen ihr Problem. Ich jedenfalls habe an diesem sonnigen Junitag das Gefühl gehabt, der im Jahr davor verstorbene Joe sitzt jetzt da droben und freut sich über diese Ehrung. Zwei-, dreimal war mir sogar, als hätte ich bei meinen Live-Playbacks eine Synthesizerspur gehört, die mir davor noch nie aufgefallen ist.

Die Wahrheit ist nämlich die: Den Austrofred-Schmäh lieben und verstehen sie auf der ganzen Welt, der ist völkerverbindend, und von dem her ist meine Musik eine Weltmusik im wahrsten Sinne des Wortes! Wer mir das nicht glaubt, der braucht nur nach Istanbul schauen, weil wenn sie meine Hits hören (und spüren!), dann hängt es den Leuten auch im Orient schnell einmal die

14 Viele Ex-Bundesheerler, die, so wie ich selbst, beim Grenzeinsatz im Burgenland waren, werden da jetzt ein bisschen skeptisch das Gesicht verziehen, weil solche realen Grenzen existieren natürlich schon, das ist klar. Aber ich rede ja dezidiert von den *Grenzen in unseren Köpfen*, und die existieren eben nur im Kopf.

Kette aus und sie fangen vollkommen enthemmt zum Tanzen an. Sie können nicht anders. So etwas gibt es sonst nur, wenn der DJ in der Disco *I will survive* von der Gloria Gaynor auflegt, oder *It's raining men* – meiner Beobachtung nach die All-Time-Favorites der türkischen Musikfans. *I will survive* ist sogar der offizielle Fansong von Galtasaray Istanbul: Jedes Mal, wenn die Mannschaft in der *Süper Lig* ein Tor schießt, zieht sich die gesamte Türk Telekom Arena die Leiberl aus und singt diesen Klassiker.

Ja, feiern können sie in der Türkei, das ist schon gigantisch! Was da oft los ist auf den Straßen! Und das geht aber quer durch alle Schichten: Sogar die Kieberer sind teilweise richtiggehend zerknirscht, wenn sie wieder wo einen Platz räumen müssen mit einer öffentlichen Versammlung oder was, weil die wären ja am liebsten selber überall dabei, wo es eine Gaudi gibt – ein tanzender Polizist in voller Montur ist ein nicht unüblicher Anblick in einer türkischen Disco! Andererseits: Du kannst ja nicht den Verkehr aufhalten deswegen.

Freilich ist auch in der Türkei nicht alles lässig. Zum Beispiel heißt es immer, dass die dortige Gesellschaft eine relativ patriarchalische ist, wie man sagt, und das muss ich leider bestätigen. Gut sechzig Konzerte habe ich in meinem halben Jahr in Istanbul gegeben – und nur ganz selten waren Frauen im Publikum. Das geht sogar so weit, dass in der Disco teilweise Männer miteinander tanzen! Ein Wermutstropfen, der zeigt, dass die Türkei in manchen Bereichen – speziell in puncto Minderheiten – einfach noch nicht reif ist für die Europäische Union.

Eine Ausnahme von der Geschlechtertrennung im Kulturleben gibt es aber, nämlich Hochzeiten. Meine große Befürchtung war ja, dass ich in der Türkei keine Trauungen spielen kann, weil ich die Leute nach dem römisch-katholischen Ritus unterhalte und nicht nach dem islamischen. Das wäre eine Katastrophe gewesen, weil das Hochzeitsgeschäft ist das ökonomische Rückgrat einer jeden Entertainer-Karriere. Ein paar leichte textliche Adaptierungen („Mohammed ist der Champion") und gekonnte Bauchtanz-Einlagen haben mir aber doch etliche Engagements auf diesem wichtigen Markt beschert – und damit letztendlich auch ein ausreichendes Damenpublikum.

Ein Verhaltensforscher wie der Konrad Lorenz täte feststellen, dass sich bei solchen Gelegenheiten die Ladys in der Türkei nicht übermäßig von den österreichischen unterscheiden. Sofern sie nicht fix vergeben sind, oder mit der Kindsfütterung beschäftigt, löst eine solche Hochzeit in vielen Frauen etwas aus, was ich nur mit dem Hilfswort „Hormone" umschreiben kann. Gottseidank, muss ich sagen, weil auch wenn das für so manchen sportlich orientierten Mann vielleicht als das gilt, was der Ami abfällig als *Fische aus einem Kübel fischen* bezeichnet, sinngemäß, hat es mir persönlich sehr gut getan, dass ich wieder einmal ein paar Frauen vor und vor allem hinter der Bühne gehabt habe. „Gehabt". Weil im männerdominierten Istanbuler Kulturbetrieb habe ich kurz schon geglaubt gehabt, ich habe meinen *Touch* verloren. Jedoch im Gegenteil: Der Kater verlernt das Mausen nicht.

10

Istanbul, das ist eine romantische Stadt, eine Stadt für Verliebte. Du kannst nobel Kebab essen und tanzen gehen, durch einen Basar schlendern oder Minaturk[15] anschauen. Du kannst mit deinem „Hasen" eine Booterlfahrt über den Bosporus machen und dabei – das fährt immer gut! – die Hagia Sophia in künstlerischen Worten kommentieren. Und wenn diese lästigen Vorarbeiten erledigt sind, dann kannst du auf der Galata-Brücke einen „Angriff" starten. Bei Mondlicht, eh klar. In den Reiseführern heißt es zwar immer, man soll ein bisschen aufpassen, weil der Austausch von Zärtlichkeiten in der Öffentlichkeit nicht gern gesehen wird, aber das ist eine Fehlinformation. Ich persönlich habe vielmehr die Erfahrung gemacht, dass Intimitäten im öffentlichen Bereich sogar sehr geschätzt werden, im Privatbereich dagegen eher nicht.

Das beste Beispiel dafür war der Sancar, mein Booker und Vermieter. Der Sancar, muss ich dazusagen, das war ein Typ, wo es mir ein paar Mal passiert ist, dass ich ihn nach einem Gig suche, weil er mit dem Veranstalter die Abrechnung machen soll – aus steuerlichen Gründen sind meine Gagen alle über ihn gerannt, aber das tut hier nichts zur Sache –, und dann finde ich ihn bei den Häusln in mehrere(!) andere Leute verkeilt – „amourös" –, wo ich teilweise nicht einmal sicher bin, ob das alles lauter Frauen waren. Kennt man ja teilweise nicht auseinander. Auf jeden Fall, so ein Typ war das. Wie gesagt: In der Öffentlichkeit!

15 Minaturk ist quasi das türkische Minimundus, wo sie berühmte Bauwerke der orientalischen Welt in Klein nachgebaut haben. Witzig.

Selbiger Sancar hat mich einmal zu einer Familienfeier eingeladen, weil ihm ist ein Weisheitszahn gezogen worden und so etwas gehört in der Türkei immer gleich gefeiert, mit der gesamten Verwandtschaft, sonst sind sie ihm beleidigt. Für den Sancar war das ein ziemlicher Tschoch, weil der hat zwei Tage lang Essen kaufen müssen: faschierte Baunzerl und Wuzerl und Köfte und weiß der Teufel was. Mehlspeisen natürlich auch – und damit hat dann der Scheiß angefangen. Weil wie er da, noch bevor die ersten Gäste gekommen sind, ein bisschen an so einem in Honig eingelegten Stückl Honig naschen will, jetzt zieht er sich akkurat eine Plombe – noch ein Zahnarzttermin! – und von dem her war er dann schon von Haus aus saugrantig. Das war meiner Meinung nach das erste schlechte Omen für das, was danach gekommen ist.

Gut, vielleicht bin ich da ein bisschen abergläubisch, aber das gehört zu meinem Beruf dazu. Es gibt keinen Bühnenkünstler, der nicht abergläubisch ist. Gibt es nicht. Ich selber habe zum Beispiel bei meinen Konzerten immer denselben Stringtanga an, meine Glücksunterhose. In Wirklichkeit ist dieser String nur mehr ein Schnürl! Ich weiß nicht, was ich mache, wenn der einmal reißt.

Auf jeden Fall ist mir bald ein bisschen fad geworden, weil anscheinend ist es bei so einer Feier üblich, dass man an jedem Gang drei, vier Stunden lang sitzt, und das bin ich nicht gewohnt, weil ich bin ja ein Aktionsmensch, kein Sitzmensch. Zum Glück bin ich aber draufgekommen, dass eine von den Schwestern vom Sancar noch nicht vergeben war, die jüngste, weil die war noch an der Uni, deswegen. Sie war vielleicht auch nicht die Allerattraktivste, muss man dazusagen, auch wenn ich das nach ein paar Glasln Raki, beziehungsweise überhaupt durch meinen – mir fällt leider nur dieses unschöne und gar nicht wirklich passende Wort ein – „Notstand“ gar nicht so extrem gefunden habe, und so ist es passiert.

Auf einmal, zack, steht der Sancar bei mir im Zimmer und schreit, ich soll mich schleichen, weil ich habe seine Schwester entweiht. Das war aber ein Blödsinn, da bin ich mir sicher, weil die hat ein paar „Griffe“ gekannt, wo ich dank meiner Erfahrung sagen kann, das war keine Anfängerin. Aber der Sancar hat gesagt, ich bin nicht mehr sein Freund, sondern ein *Götdeliyi* – was auf Türkisch circa so etwas heißt wie „hintere Pforte“ – und ich soll mich verzupfen, und zwar gach. Ungute Situation. Die übrige Familie war mittlerweile auch in meinem Zimmer versammelt, komplett, und alle haben sie mich angestiert, während ich mein Graffl zusammengepackt habe. Die Oma vom Sancar hat mir beim Hinausgehen noch auf die Turnschuhe gespuckt.

Im Endeffekt war es aber eh längst Zeit, dass ich mir eine eigene Wohnung suche, und von dem her war das ein guter Anlass. Außerdem habe ich mir von da an die zwanzig Prozent *Booking Fee* gespart, die mir der Sancar von den Konzertgagen heruntergezwickt hat. So hat sich vieles, was mir damals in einem eher negativen Licht erschienen ist (das Tortenmesser in der Hand von der Mutter vom Sancar zum Beispiel) langfristig als positiv herausgestellt.

11

Eine Nummer, die mir sehr geholfen hat, dass ich das Eis in Richtung türkisches Publikum breche, war die Queen-Komposition *Mustapha.* In diesem Klassiker setzt sich der Freddie Mercury auf die für ihn typische einfühlsame Art mit der Lebenswirklichkeit der Menschen im Islam auseinander – eine Auflage für einen jeden im levantinischen Raum tätigen Mercury-Interpreten, weil damit holst du die Leute direkt bei sich selber ab. Der Text, wenn ich es richtig im Kopf habe, geht circa so:

> *Ibrahim Ibrahim Ibrahim. Allah Allah Allah! Allah, we pray for you. Hey! Mustapha Mustapha Mustapha Ibrahim, Mustapha Mustapha Mustapha Ibrahim. Mustapha Mustapha Mustapha Ibrahim. Allah, we pray for you. Mustapha Mustapha Mustapha Ibrahim. Allah Allah Allah! Allah-i, Allah-i, Allah-i, Ibra-Ibra-Ibrahim, yeah! Ibrahim, Ibrahim, Ibrahim, Allah Allah Allah-i hey! Salaam Aleikum!*

Mustapha ist der Opener von einer meiner liebsten Queen-Platten,[16] nämlich von der *Jazz* (1978), deren hohe Qualität man schon allein am Titel ablesen kann, weil ein Jazz ist ja immer etwas Besseres als eine ordinäre Musik. Ein Jazz ist etwas für Genießer! Nicht umsonst gibt es im Journalistenmilieu den Begriff *etwas hochjazzen.* Das bedeutet, dass man einen Artikel noch qualitativer

16 Weswegen ich auch elf Exemplare dieser Platte daheim habe: CD, LP, MC, verschiedene Pressungen, den japanischen Remaster etc. Die Single-Auskoppelung *Don't stop me now* besitze ich insgesamt, also mit allen Single-, Maxi-, Greatest-Hits- und sonstigen Compilation-Ausgaben 32 Mal! Dazu kommen noch ein paar moderne Download-Versionen, die ich mir aber noch nie angehört habe, weil das sind reine Sammlerstücke.

macht, indem man das Spezielle herausarbeitet, das Besondere. Weil wenn da eine Schlagzeile heißt, was weiß ich, *Mann in See gefallen*, dann kleschst das ja nicht wirklich. Also jazzt das der Chefredakteur ein bisschen hoch und am Schluss liest man dann: *Vater von Fünflingen fällt in zugefrorensten Attersee seit hundert Jahren!* So etwas interessiert die Menschen.

Komischerweise hat mir ein Jazz früher gar nicht so gut gefallen, weil das war für mich immer eher ein Krampf. Heute, durch meine innere Reife, kann ich das ganz anders wertschätzen. Aber das ist ja oft so bei den feinen Sachen. Ich war früher auch sehr haklich beim Essen, speziell was zum Beispiel Leber oder Hirn und andere Innereien betrifft. Oder auch Schwammerl. Also genau die Sachen, auf die der Feinspitz steht. Mittlerweile hat sich mein Geschmack aber stark verfeinert und ich kann diese Art von Lebensmitteln durchaus genießen, wenn es nicht zu viel ist und gleichmäßig unters Fleisch gemischt, beziehungsweise unter die Soße. Und genauso muss man sich auch an den Jazz erst gewöhnen. Aber es zahlt sich aus, weil dafür hat man halt dann einen super Geschmack.

Seit ein paar Jahren baue ich in meine Shows immer kurze Blöcke ein, wo ich *a cappella* ein bisschen improvisiere – nur meine Stimme und ich, wir zwei. Das kommt extrem gut an, weil es so echt ist. So etwas kennen die Menschen heute nicht mehr, das beeindruckt sie. Und hin und wieder kommt da nach der Show einer her zu mir und sagt, „also, Herr Austrofred, was Sie da machen, das ist wirklich hochqualitativ, das ist ja fast schon ein Jazzgesang!" So etwas freut mich. In diesen Momenten muss ich dann ein wenig schmunzeln und an unseren Jazz-Weltmeister Joe Zawinul denken. Und wieder kommt mir vor, ich höre von oben, vom Himmel her, ganz leise ein paar mystische Oberheim-Flächen.

12

Eines der wenigen Wörter, die die türkische Sprache aus dem Deutschen übernommen hat, ist *haymatloz*. Und dieses schöne Wort drückt am besten aus, was der Austrofred jetzt, nach seiner Ütügrümmstündü, empfindet. *Haymatloz*. Komisch: Jetzt gehört dieses Wort quasi zu zwei Kulturen dazu, und bedeutet aber, dass man selber zu keiner davon wirklich gehört. So wie der Austrofred selbst, der nämlich ein Wanderer zwischen zwei Welten ist, ein Grenzgänger, ein „Ikarus"…

Wehmütig erinnert sich der Entertainer an die Mehlspeisen seiner fernen Mutter. Er denkt an ihre flaumigen Kardinalsschnitten, die saftige Schwarzwälder Kirschtorte, lässt ihre weihnachtlichen Vanillekipferl vor seinem inneren Auge[17] Revue passieren sowie das fruchtig-herbe oberösterreichische Kletzenbrot. Er kann sie richtiggehend riechen, diese kulinarischen Herrlichkeiten, an die ihn die Worte des ehemaligen Gastarbeiters erinnert haben – dem er übrigens trotz aller Sympathie noch eine schnalzen hat müssen, weil er seine Schenkel betastet hat. Auf der Innenseite. Bei aller Wertschätzung, aber das muss wirklich nicht sein!

Den eben noch frenetisch umjubelten Kopf tief gebeugt vor melancholischen Gedanken, macht sich der Austrofred auf den Haymweg, die Playback-Maschine träge im Rollkoffer hinter sich her schleifend, die Gage sicher in der geheimen Fußeinlage seiner Adidas Jogging High verwahrt. Müde, unsagbar müde. Es ist vier Uhr früh und der Held dieser

17 Ich weiß nicht wieso, aber ich persönlich stelle mir unter „inneres Auge" immer vor, dass man da mit der Rückseite der normalen Augen sieht, und zwar in den Körper hinein.

Zeilen möchte nur noch eins: ins Bett. Er muss aber noch über den Scheiß-Bosporus.

Am Kopf der Galata-Brücke passiert der Austrofred einen Zeitungskolporteur. „Newspaper Austria?", fragt er ihn. Der Kolporteur schüttelt erst den Kopf, dann hellt sich sein Gesicht auf. Aus einem mannshohen Stapel verwitterten Papiers löst er einen graubraunen Batzen, die *Kronen-Zeitung* vom 7. Juli 2013, ein paar Wochen alt. Mitleidig schaut er zu, wie der seelisch gebrochene Österreicher ihm vier türkische Lira in die Hand zählt, die Zeitung an sich drückt und sich langsam auf den Weg über die majestätische Meeresenge macht.

Mit letzter Kraft fischt sich der Austrofred daheim eine Dose Efes[18] aus dem Kühlschrank, als Betthupferl, seufzt aus tiefster Seele und blattelt durch die alte *Krone*. Sicher: Eine druckfrische Zeitung wäre ihm lieber gewesen, aber dafür hätte er wohl zum Flughafen fahren und auf die erste AUA-Maschine warten müssen, wo dann eine rot gekleidete Stewardess mit dem Gabelstapler eine Palette Zeitungen aus dem Flugzeugrumpf gehievt hätte, wobei sich ihr roter Minirock seitlich über die roten Strumpfhalter hinaufgeschoben hätte.[19] Aber um aktuelle Schlagzeilen geht es ihm ja nicht. Ihm geht es rein nur um eine paar tröstliche Schwingungen aus dem fernen Austria.

18 Das türkische Bier – das *Efes* ist die mit Abstand bekannteste Marke – ist übrigens gar nicht so schlecht, auch wenn es vom Islam her nicht so gern gesehen wird. Teilweise muss man, wenn man in der Türkei herumreist, direkt aufpassen, weil in manchen Gegenden wird man fürs Biertrinken in der Öffentlichkeit gestraft! 30 Euros lassen einen die Hundianer dafür pecken! Aber der Islam ist nicht die einzige Religion, die die Biertrinker nachteilig behandelt. Auch das Christentum(!!!) hat diesbezüglich, trotz so mancher Stiftsbrauerei, seine dunklen Flecken. Ich erinnere nur an die Hochzeit zu Kanaa, wo der Jesus Wasser zu Wein verwandelt hat und nicht zu Bier und sich so auf die Seite der gestopften Genussmenschen geschlagen hat statt auf die Seite der ehrlichen Dursttrinker.

19 Ich habe jetzt nicht die exakten Vertriebswege recherchiert, aber so in etwa müsste das funktionieren.

So beugt sich der heimwehkranke Kultsänger jetzt über seine Zeitung, erst müde die Schlagzeilen überfliegend, das vertraute Papier lächelnd befingernd, dann traurig seufzend, fast weinend, kurz höhnisch auflachend, plötzlich brennend interessiert, dann aufgebracht: „Dieser verschissene Futschädel", schreit er (zu Recht!) erbost, „diese Drecksau!"

13

Was mag es wohl sein, was den Austrofred, diesen grundsätzlich so ruhigen und besonnenen Menschen, derart in Rage bringt? Einen, der auch bei der unfairsten Verkehrskontrolle noch auf einer höflichen verbalen Ebene bleibt und dem Amtsorgan ganz vernünftig den Unrechtsbetrag bezahlt, ohne Widerrede. Der es in so einer Situation gar nicht nötig hat, dass er sich auf seine Prominenz beruft, oder darauf, dass er dringend zu einem Gig muss und dieser Gig aber im Rahmen einer Entbindung stattfindet und die Wehen kommen schon alle zwei Minuten. Sicher hängt diese beeindruckende Ruhe auch mit dem zusammen, dass der Austrofred am nächsten Tag nur den Major Schiedl, auf dessen Geburtstagsfeier er alljährlich aufgeigt, anrufen muss und besagtes Amtsorgan hat Innendienst auf Lebenszeit. Aber doch mehr noch mit der Tatsache, dass er einfach ein Profi ist, der schon alles erlebt hat. Einen solchen bringt so leicht nichts mehr aus der Ruhe.

Warum also jetzt dieser überraschende Ausbruch, der so manchen Einwohner Istanbuls erschrocken aus dem Bett fahren lässt, verwundert über dieses ungewöhnlich frühe Morgengebet? Drehen wir einfach die Uhr eine Viertelstunde zurück und schauen unserem Freund Austrofred über die muskulöse Schulter, wie er gerade die *Kronen-Zeitung* durchblättert.

Wegen NR-Wahl: Urlaub der Politiker fällt heuer bescheiden aus, ist die erste Schlagzeile, die ihm ins Auge sticht, dazu ein Bildl vom Bundeskanzler Faymann mit heruntergezogenen Mundwinkeln vor einer durchgestrichenen Bergkulisse. Naja, sein Mitleid hält sich in Grenzen. Vor allem, wenn er dann auf der Leserbrief-Seite liest: *Unsere Regierung schenkt / von Brüssels Machtkoloss gelenkt / anstatt von Steuern abzusehn / unsere Eulen nach Athen*. Der Austrofred weiß zwar nicht genau, was das heißt, aber es wirft auf jeden Fall kein gutes Licht auf den Faymann.

Er blättert weiter, schreckt kurz auf, weil er meint, sein eigenes Gesicht zu sehen. Es ist aber nur ein Hund, der ihn von der Tierseite aus anschaut. *Setter-Rüde „Cordon", zwölf Jahre alt,*[20] *ist einsam und ohne Heimat, seit ihm sein Frauchen verstorben ist*. Das war also die Ähnlichkeit, die den Austrofred kurz aufzucken hat lassen: keine Gemeinsamkeit der Gesichtszüge, sondern eine Gemeinsamkeit des Schicksals, welches sich unweigerlich in die Züge von einem Menschen eingräbt. Beziehungsweise von einem Hund.

Ein paar Seiten später begegnet ihm derselbe Blick noch einmal. Diesmal aus den Augen einer gutaussehenden Dame auf den sogenannten Kontaktseiten. Auch sie hat Sehnsucht nach ihrer Heimat. Rumänien. Leider wird es noch ein paar Jahre dauern, bis ihr Besitzer seine Anschaffungskosten wieder herinnen hat, bis dahin bleibt sie in Wien. Aber Wien ist ja auch eine schöne Stadt, kann man nichts sagen.

Dann der Sportteil. *Teamchef Marcel Koller: Mit Österreich bei der WM in Brasilien – das wäre ein Traum!* Und ein Traum wird es

20 84 Menschenjahre.

auch bleiben, denkt sich der Austrofred, weil so gut kennt er sich schon aus, dass er weiß, dass diese Häusln nichts reißen. Sicher, der Alaba hat heuer die Champions League für sich entschieden, das war auch in Istanbul groß im Fernsehen, der kann schon was. Aber Fußball ist leider ein Mannschaftssport, und auch wenn du da einen Guten hast, bleiben dir halt immer noch zehn Häusln.

Auf der vorletzten Seite schreckt es den Ausnahmekünstler dann noch einmal. Beziehungsweise noch viel mehr, weil diesmal schaut ihm wirklich sein eigenes Gesicht entgegen! Eine alte Aufnahme vom Opernball 2008, die er und die Barbara Karlich eigentlich verbieten haben lassen. *Nach dem Austro-Nipplegate gab's nur noch Flops*, lautet die Bildunterschrift dazu. Und als Schlagzeile kann man lesen:

Was wurde eigentlich aus … Austrofred?

Er galt als Hoffnungsträger des Austropop und hat einst mit „schrägen" Queen-Covers die Massen begeistert. Doch mit seinen peinlichen TV-Ausrutschern beim Opernball (Bild) und bei den Dancing Stars, *wo er seine ungarische Tanzpartnerin als „Spaghettifresserin" bezeichnete und damit vor der ganzen Nation sein geografisches Unwissen ausbreitete, ging es bergab. Seit dem Lasershow-Flop* Fire, Light & Austrofred *ist es still geworden um den „Oberösterreicher". Gerüchteweise hat der Austrofred Österreich beleidigt den Rücken gekehrt und ist nach Istanbul gezogen. Der selbsternannte „Champion" soll in der Homo-Szene der Türken-Metropole untergetaucht sein, wo ihm seine letzten verbliebenen Fans die „Stange halten".*

Lesen Sie morgen: Was wurde eigentlich aus … Sparefroh?

In diesem Moment bricht für den Austrofred eine Welt zusammen, und zwar eine Welt, die er nicht mehr versteht. Wie kann die Franziska Trost, die fesche Pop-Fachlady von der *Kronen-Zeitung*, mit der er immer ein korrektes und absolut professionelles Verhältnis gepflegt hat, so einen hirnverbrannten Schwachsinn schreiben, wütet der Rockmusiker, dem vor Zorn die Schnurrbarthaare senkrecht von der Oberlippe abstehen. So eine Trutschn! Aber halt, der Artikel ist ja gar nicht mit „FT" gezeichnet, sondern mit „DN". – DN? Und dann dämmert es dem Austrofred. DN, natürlich, das sind die Initialen vom Sigi Neidhart. Jetzt fällt ihm auch auf, dass er sich verlesen hat, es steht nämlich gar nicht DN dort, sondern SN. SN, nicht DN. Klar, sonst passt das ja nicht zusammen. Also DN steht dort. Nein, stopp! Jetzt habe ich mich noch einmal verdappelt. SN steht natürlich dort. SN, ganz sicher!

Wie von selbst ballt sich die Faust des Künstlers unter dem Tisch. „Den Hund bringe ich um", schnauft er erbost in seinen Schnurrbart, „wart nur, du Mistsau, du elendige!" Und er schwört sich, dass er, wenn er nach Österreich zurückkehrt – falls er das überhaupt jemals tut –, als Allererstes dem Neidhart eine andrückt, weil das ist längst überfällig. Vielleicht kegelt er ihm zusätzlich auch noch ein bisschen die Schulter aus. Gut möglich.[21]

21 An dieser Stelle scheint es mir angebracht, noch einmal auf den fiktiven Romancharakter von diesem Buch hinzuweisen. (Jedoch immer basierend auf der Wahrheit!)

14

Ein unangenehmer, ja, schrill zu nennender Telefon-Sound reißt den Austrofred am nächsten Tag aus dem Bett, was ihm, speziell zu seinem beißenden Kopfweh dazu, äußerst ungut einfährt. Außerdem ist das Leintuch nass. Offensichtlich ist er mit einer Dose Efes in der Hand eingeschlafen. So eine Schweinerei. Der säuerliche Biergeruch macht ihn gleich selbst ein wenig säuerlich.

„Austrofred Productions, wer stört?", hebt er ab.

„Bundesministerium für Gesundheit, Freidhager der Name. Spreche ich mit dem „Austro"-„Fred"?", sagt ein offensichtlicher Dillo. So etwas hört der Sänger schon an den Anführungszeichen rund um seinen Namen.

„Hier bei der Arbeit", sagt er, „höchstpersönlich. Was gibt es denn? Habe ich vielleicht meinen SVA-Beitrag einen Tag zu spät eingezahlt und jetzt scheißts ihr mich mit Säumungszinsen zu? Oder wird mir der Selbstbehalt verdoppelt, weil ich zu jung ausschaue für mein Alter?"[22]

„Nichts dergleichen, Herr Austrofred. Ich bin, wie gesagt, vom Ministerium, nicht von der SVA, und ich hätte da einen Vorschlag für Sie. Herr Austrofred, waren Sie schon einmal auf Kur?"

22 Die SVA, die *Sozialversicherungsanstalt der gewerblichen Wirtschaft*, ist in Österreich für die Kranken- und Pensionszwangsversicherung von Künstlern und Freiberuflern zuständig, insbesondere für das Eintreiben der entsprechenden Versicherungsbeiträge, weswegen sie unter Kunstschaffenden nicht übermäßig beliebt ist. Der Peter Cornelius ist in einem Zeitungsinterview sogar so weit gegangen, dass er gesagt hat, die SVA ist für ihn die moderne Gestapo, was ich dann aber doch fast ein bisschen übertrieben finde. Allerdings war er vorsichtig genug, dass er das nur in den *Oberösterreichischen Nachrichten* gesagt hat, von dem her hat es eh keiner gelesen.

„Ja freilich, auf Kur werd ich gewesen sein! Sie haben ja keine Ahnung von einem künstlerischen Berufsalltag! Im Unterschied zu einem pragmatisierten Beamten kann ich es mir nämlich nicht leisten, dass ich in Bad Ischl einen Krankenstand feiere, nur weil ich vielleicht ein bisschen ein Burnout habe. Ich meine, wenn Sie in Ihrem Ministerium einmal drei Wochen nicht im Büro sind, na, dann rennt halt der Ventilator allein. Aber wenn ich als selbstständiger Entertainer meine Engagements nicht spiele, dann habe ich bald nichts mehr zum Beißen."

„Schauen Sie, Herr Austrofred, genau da setzt mein Vorschlag an. Wir planen nämlich vom Gesundheitsministerium aus eine Publikumsaktion, die den Arbeitnehmern und Arbeitnehmerinnen die Scheu vor einer Kur nehmen soll. Wir haben viele Burnout-Fälle, die sagen – genau wie Sie –, kann ich mir eine Auszeit überhaupt leisten? Speziell unter den älteren Arbeitnehmern ist diese Ansicht weit verbreitet, und in genau dieser Schicht haben Sie eine besonders hohe Akzeptanz. Deswegen würden wir Sie gerne als Testimonial gewinnen. Könnten Sie sich das vorstellen? Die ganze Geschichte würde mehrere Fernsehspots, Printwerbung, die sozialen Networks und so weiter beinhalten, sowie als Herzstück eine Tournee mit Ihnen durch die 22 beliebtesten Thermen und Kurorte Österreichs."

So schnell, wie er gekommen ist, ist jetzt der saure Biergeschmack aus der Nase des Champions verschwunden. Während er sich ein frisches Efes aufreißt, rechnet der kleine, schlaue Computer in seinem Kopf aus, wie er sich mit einer solchen Tour ökonomisch sanieren könnte. Und erst die möglichen Folgeaufträge! Weil nach den Kurheimen kommen vielleicht die Landeskrankenhäuser, und nach den Landeskrankenhäusern die Bezirksaltersheime. Das ist zwar vielleicht kein Rock'n'Roll mehr im engeren Sinn, eher schon Moik-Liga,[23] aber es ist gutes Money – und das macht halt immer noch die *world go round.* Da kann eine Unperson wie der Neidhart tausendmal seiern, dass es nicht ums Geld gehen darf in der Musik. Weil *ohne Geld,* mit Verlaub, *keine Musi!* Und mit dem Gerstl, das er in den Kurheimen hereinwirtschaftet, könnte er nächstes Jahr schon wieder eine künstlerisch hochwertige Tournee aufstellen, Stichwort: *Austrofred on Ice!* Jetzt nur keinen Fehler machen. *Play it cool,* wie der Ami sagt. So einen Ministeriumshansl einseifen darf für einen Showprofi von seinem Format kein Problem sein.

„Was springt denn für mich heraus bei dem Schas?", fragt er desinteressiert. „Weil, ich meine, nichts gegen unsere älteren Mitbürger, aber das ist halt null mein Zielpublikum." Was freilich nur zum Teil stimmt, weil durch seine Bücher hat er, wie bereits erwähnt, ein sehr gutes Standing bei der Generation 50 plus. Außerdem sind das die Einzigen, die noch CDs kaufen, und zwar für 20 oder 25 Euros das Stück. Schon allein deswegen ist das ein interessanter

23 Der Karl Moik macht seit seinem Rückzug als *Musikantenstadl*-Anchorman bekannterweise Werbung für die Hörgeräte vom Hartlauer, und ich finde das auch gut. Überhaupt muss ich sagen, auch wenn ich das künstlerische und moderatorische Werk des Moiks inhaltlich für vernachlässigbar halte, rein technisch ist das ein grandioser Performer.
Mittlerweile sind ein paar seiner besten Kniffe sogar schon sprichwörtlich geworden. Zum Beispiel gibt es den Fachausdruck *einen Moik machen.* (*Machen* wohlgemerkt, nicht *lassen.*) Damit bezeichnet man eine einladende Geste, von der Handhaltung her circa so wie wenn man eine Umhängebudl mit Tschick oder Schokospießerl (gibt es mit Weintrauben, Erdbeeren, Bananen, Ananas – mit allem eigentlich, auch mit Salami hab ich das schon gesehen) in der Hand hält, Handflächen nach oben. Dazu ein einladendes Lächeln und die Augen ganz leicht zusammengezwickt. Aber nicht so, dass es ausschaut, wie wenn man schlecht sieht, sondern so, dass es freundliche Fältchen macht.
Wenn da ein Fotograf bei einem Shooting zu mir sagt, „Austrofred, mach mir den Moik", dann weiß ich sofort, was gefragt ist. Das ist mittlerweile genauso gängig, wie wenn wer sagt, „mach mir den Freddie Mercury" (Beine auseinandergespreizt, rechte Faust geballt in die Höhe).

Markt. Denen könnte er sogar noch seine Lagerbestände alter Musikkassetten andrehen! Vielleicht als *Deluxe*-Editionen mit einem neuen Pappendeckel-Schuber rundherum.

„Naja, Genaueres müssten wir noch aushandeln", sagt der Gesundheitshaberer, „aber ich kann Ihnen versichern, dass Ihre Gage weit über dem Kollektivvertrag liegen wird."

Das ist natürlich genau das, was der Austrofred hören will. Trotzdem lässt er seinen Gesprächspartner noch ein bisschen zittern.

„Geld spielt für mich keine Rolle", sagt er, „mich muss das in kreativer Hinsicht reizen. Wissens was, rufen Sie mich in ein paar Wochen noch einmal an. Bis dahin überleg ich mir das. Das heißt, falls ich dazu komme." Gut gezockt, Austrofred!

„Es tut mir leid, aber so viel Zeit haben wir nicht. Übermorgen findet in Bad Schallerbach die Hauptversammlung der Sozialversicherungsträger statt, da müssten Sie Ihr Programm vorstellen, und wenn sich die Sozialpartner einigen können, dann haben Sie fix den Auftrag. Aber ich sehe da kein Problem, weil der Minister ist eh so ein Riesen-Fan von Ihnen."

„Wirklich?"

„Jaja, der hat sogar ein Poster von Ihnen im Ministerium hängen, über seinem Schreibtisch."

„Ist nicht wahr! Welches denn?"

„Das kann ich nicht sagen, weil das hat der Arnulf Rainer so übermalt, dass man es nicht mehr erkennt. Aber der Minister liebt es!"

„Steil!"

„Also, Herr Austrofred, geht sich das übermorgen aus für Sie? Wenn nicht, dann müsste ich nämlich gleich den Ulli Bäer anrufen, das wäre der Zweite auf unserer Liste."

„Was?!“, schreit der Austrofred entsetzt. Weil nichts für ungut, der Ulli Bäer ist ein ganz ein lieber Kollege und ein super Gitarrist, keine Frage, aber das ist ja keine Konkurrenz in dem Sinn. „Natürlich geht sich das aus“, sagt er, „ich buche gleich den Flug!“

Ein wenig später können aufmerksame Passanten einen gut gebauten Mann in einem knallgelben, eng geschnittenen Jackett beobachten, wie er am offenen Fenster steht und zufrieden in Richtung des berühmten Goldenen Horns blinzelt. (Das man allerdings von der Wohnung aus nicht sieht, weil sonst wäre sie unerschwinglich.) „Super verhandelt, Fredi“, lobt sich der Schönling selbst und zischt sich stolz sein zweites Efes. „Wirst sehen, wenn diese Geschichte etwas wird, dann bist du bald wieder on top …“

15

Wenn man einen Historiker wie den Hugo Portisch fragen täte, was so die tragischsten Tage der Geschichte sind, dann wird er wahrscheinlich sagen, die tragischsten Tage der Geschichte, das sind diejenigen, an denen ein ganz Großer ganz tief fällt. Der 15. März des Jahres 44 vor Christus ist zum Beispiel so ein Tag, täte der Portisch sagen, weil da ist der große römische Feldherr Julius Cäsar von ein paar feigen Meuchelmördern erstochen worden, hinterrücks. Dem Fußballfan wird auf das hin vielleicht der 9. Juli 2006 einfallen, an dem sich der große französische Spieler und (Spiel-)Feldherr Zinedine Zidane beim WM-Finale gegen die Italiener von der unguten Grätze Marco Materazzi zu einem relativ brutalen Kopfstoß und also zu einer roten Karte hinreißen hat lassen, weil der seine Schwester und seine Mutter beleidigt hat, was man natürlich eh wirklich nicht tut. Wieder andere werden an den 4. April 1992 denken, den Tag, an dem sich der Peter Rapp – nicht unbedingt ein großer Feldherr, aber doch auch ein Spieler – seinen Bart abrasiert hat und die ganze restliche *Wer A sagt*-Sendung nicht mehr zum Anschauen war. Aber ich glaube, selten war ein Großer so am Boden wie der Austrofred am 8. August 2013, wie er da voll bepackt am Istanbuler Sirkeci-Bahnhof am Schalter steht und nicht glauben kann, was ihm der Wastl hinter der Glasscheibe seit zehn Minuten entgegenschreit: „No place, everything full!"

Am Flughafen hat er schon Ähnliches hören müssen: „No direct flight to Linz Horsching today", hat es dort geheißen. Nur weil in Island wieder irgendein geschissener Vulkan ausgebrochen ist. „All flights to Middle Europe cancelled!" Dabei hat er doch über das Internet gebucht! Und jetzt am Bahnhof derselbe Scheiß. Alles voll, weil natürlich alle, die ursprünglich fliegen wollten, gleich einmal die Züge ausreserviert haben. Nichts geht mehr. *Rien ne va plus*, wie der Zidane sagen täte. So kurz ist der Austrofred vor seinem Comeback gestanden, vor seiner künstlerischen Rehabilitierung, und dann das!

„Ist denn wirklich gar nichts mehr frei?", fragt er den Mann hinter der Glasscheibe zum zehnten Mal. „Is there really no possibility for Vienna? I drive everywhere, also in the bicycle wagon. Or in the animal car."

„No no, everything full! Go away!"

„But there must be a little place. What if I pay you double?"

„No!"

„Thrice?" (Das Dreifache.)

„I am not allowed to take your money", sagt der Bahnwastl und klopft in seine Tastatur, „but there is no vacancy anyway. Only place left is in the Orient Express, but this costs more."

„No problem, I take it!", cries the Austrofred, „I have to go to Bad Schallerbach so urgently that it doesn't matter if it costs a few Euros more."

It then costs 2481 Euros and 60 Cent.

ZWEITER TEIL

1

Der Orient-Express: Geschichtsträchtig und von geheimnisvollen Mythen umwoben, durchkreuzt dieser legendäre Zug den europäischen Kontinent, transportiert seine Passagiere von Istanbul nach London und wieder zurück, passiert dabei Paris, Venedig, Prag, Belgrad oder Wien – Städte voller Geschichte und Vergangenheit. Aber auch voll optimistischer EU-Zukunft. Obwohl die reguläre Linie, wie wir sie aus den spannenden Filmen der Agatha Christie kennen, seit Jahren eingestellt ist, fährt immer noch ein privatwirtschaftlich betriebener Luxuszug unter diesem Namen. Freilich: Dieser Zug ist ausschließlich den Reichen und Schönen vorbehalten, also den Gestopften. Schon allein wegen seinem Preis, der nämlich ein beachtlicher ist, genauer gesagt, wie es der gut gebaute Österreicher am Bahnsteig wiederholt in seinen sauber gestutzten Bart hineinformuliert: „Zweitausend-Arschloch-vierhundert-Arschloch-einundachtzig-Arschloch Euros!"

Gerne möchte man dem Künstler zurufen, „es hilft nichts, Austrofred, du musst nach Bad Schallerbach, das ist unumgänglich, also nimm dein Schicksal an! Ärgere dich nicht lange, sondern spring über deinen Schatten und genieß dieses eine Mal in deinem Leben ein bisschen einen Luxus." Aber er kann halt nicht heraus aus seiner bescheidenen Haut, die zeitlebens immer die allereinfachste war. Nicht einmal den Koffer lässt er sich tragen!

Freilich ist das auch ein Teil von seinem Erfolgsrezept. Die Fans haben immer gespürt, dass der Austrofred einer von ihnen ist, ein ganz ein normaler Typ wie du und ich. Kein Übermensch, und überhaupt nicht abgehoben. Er braucht keinen Kaviar zu seinem Glück. Es gibt Tage, da isst der Austrofred zu Mittag nur Erdäpfel. Ehrlich. Weil er das einfach nach wie vor gerne mag. Sonst nichts, nur in Stangerl geschnittene frittierte Erdäpfel. Er weiß, dass auch die einfachsten Dinge ihren Wert haben. Wieso er das weiß? Weil er sich alles selbst erarbeitet hat!

Und ist es nicht genau das, was die wirklich Großen von den Großtuenden unterscheidet? Der Joe Zawinul hat einmal erzählt, wie ein Professor im Gym seinen Erdberger Jugendfreund, den Thomas Klestil, gefragt hat, was denn sein Vater von Beruf ist. Und der Klestil hat gesagt, Straßenbahner, worauf der Professor gesagt hat, gut, dann wirst du auch einmal ein Straßenbahner. So war das damals. Aber den Klestil hat das so angefäult, dass er zum Zawinul gesagt hat, weißt was, ich fange jetzt an zum Studieren und zum Strebern, ich arbeite mich aus eigener Kraft ganz nach oben. Und der Zawinul hat gesagt, passt, da bin ich dabei. Und so ist aus dem einen schließlich ein Bundespräsident geworden und aus dem anderen ein Welt-Worldmusiker.

Und trotzdem fragt sich der Austrofred, ob sich der Klestil selber seinen Koffer zum Orient-Express getragen hätte. Einen Scheiß hätte er! Nicht, wenn er zweitausend-Arschloch-achthundert Euros dafür zahlt![24]

„He boy", pfeift er den Zugbegleiter an, der faul und arbeitsscheu aus dem Waggon gafft, „here, take my suitcase! And bring me a bottle of Champagner into my compartment, aber dalli!"

24 Das ist auch für einen Bundespräsidenten viel Geld.

LESER-BEFRAGUNG

Während der Austrofred zu seinem Abteil gebracht wird und er sich im ungewohnten quasi „Ambiente“ ein bisschen akklimatisiert, nutze ich die Gelegenheit für ein wenig eine Kommunikation mit meinem Publikum, sprich: mit euch, liebe Leserinnen und Leser. Weil nachdem das ja mein erster Roman ist in dem Sinn, jetzt bin ich, zwecks Qualitätssicherung, auf euer Feedback und eure kreative Mithilfe angewiesen, damit das etwas wird. Dementsprechend wäre es extrem lässig, wenn ihr jetzt kurz einmal in Stillarbeit, jeder für sich, diese paar Verständnisfragen durcharbeitets, damit sichergestellt ist, dass auch ein jeder inhaltlich alles verstanden hat.

1. Was ist der Austrofred für ein Mensch? Wärst du auch gern wie der Austrofred?
2. Wie gibt es das, dass ausgerechnet ein solcher Mensch von den Kritikern so angefeindet wird? Reiner Neid?
3. Werden die Türkei und ihre Bewohner im Buch angemessen und ausgewogen dargestellt? Ich denke schon.
4. Der Austrofred hat in der Türkei große Erfolge gefeiert – trotzdem will er zurück nach Österreich. Diskutiere seine Beweggründe (mehrere).
5. Wünschst du dir im weiteren Verlauf des Romans eine Liebesgeschichte oder zumindest vermehrt sexuelle Anspielungen?
6. Wieso heißt das Buch *Hard on!*? Hältst du das für einen passenden Titel?

Wobei, die letzte Frage beantworte ich gleich selber: Der Titel *Hard on!* basiert, wie die Aufmerksamen unter euch sicher gleich gecheckt haben, auf dem gleichnamigen Szene-Club, in dem ich mein erstes Konzert in Istanbul gespielt habe, und wo ich nur super Erinnerungen habe daran. Außerdem klingt er einfach geil. Plus: Er hat eine lässige Message. Weil *Hard on!*, das heißt für mich so etwas wie *Rock on!*, also *Gib niemals auf!* beziehungsweise *Gib immer Gas!*, nur halt ein bisschen härter und intensiver, *hard* halt. Und von dem her finde ich persönlich den Titel perfekt.

In diesem Sinne: *Come on everybody, hard on!*

2

„So etwas kann nur ein ganz ein guter Tischler!“, sagt der Austrofred und streicht sanft über die Mahagoni-Einlegearbeiten im Wandverbau, „da haben sie nicht gespart!“ Durch das, dass sein Vater bei der ÖBB war, kennt er sich nämlich ein bisschen aus mit so Abteil-Ausstattungen. Keine Reaktion. Na, dann lassen wir das halt. Es hat ihn schon von Haus aus angezipft, dass er bei so einem horrenden Preis nicht einmal ein Einzelabteil hat, sondern ein doppeltes, und dann muss er das auch noch mit einem derart unfreundlichen Kerl teilen, einem glatzerten. Sagt nicht muh und nicht mäh. Geschweige denn, dass er grüßt. Da gibt man sein Bestes für ein friedliches, kommunikatives Zusammenleben, und was kommt zurück? Nichts!

„Und, der Herr, wohin geht die Reise?“, unternimmt er einen letzten Versuch. Aber der Glatzerte meint, das sagt er ihm nur, wenn er aufhört, dass er seine Kekse frisst, weil er hat sie ihm nicht angeboten. Trockene Pimskekse, vom Hofer wahrscheinlich, da macht der so ein Theater drum! Eine solche Prinzessin! Wohin er fährt, braucht er dem Sänger da gar nicht mehr sagen, weil aus einem solchen Sozialverhalten lässt sich eindeutig auf einen Wiener schließen, einen gebürtigen. Was leider auch bedeutet, dass ihm dieser Semmeltrenzer die ganze Fahrt lang erhalten bleibt.

Am liebsten täte ihn der Austrofred ja hinausschmeißen, aber es ist halt leider auch sein Abteil irgendwie. Wenn wer zu ihm heim kommt, dann tut er sich leicht bei so was, weil sobald er sich denkt, jetzt könnte der dann aber auch wieder einmal abreißen, steht er einfach auf und sagt, „oh, du willst leicht schon heim, das ist aber schade", weil dann kann der andere nicht mehr aus. Aber der Glatzerte hat ja gezahlt und alles. Naja, geht er halt in den Speisewagen. Er hat eh schon einen Hunger.

3

Zugegeben: Der Speisewagen vom Orient-Express ist natürlich eine äußerst noble Angelegenheit und molto gespitzt. Da sagt auch keiner was dagegen. Das ist oberstes Niveau, keine Frage. Allerdings dürften sie eine leicht andere Definition vom Begriff *Tagesmenü* haben als der Austrofred (der darunter nämlich etwas Preiswertes versteht), weil da ist das Menü, bestehend aus *gedämpftem Seeigel auf Spinat-Bordüre mit Auberginen-Tartar* und *in grobem Salz eingelegtem rohen Auerochsenfilet mit Wacholdermus und Koriander-Parfait, in spritziger Zinfandel-Sauce serviert,* preislich, ohne Schmäh, im dreistelligen Eurobereich angesiedelt. Da hebt es dem erdigen Interpreten schon kurz den Magen aus, weil das findet er pervers. Was freilich nicht heißt, dass er geizig ist! Er ist ein einfacher und bescheidener Mensch, das schon, aber geizig: nein. Natürlich hat auch er seine Fehler. Oft ist er zu ehrlich und zu gerade heraus, und manchmal zeigt er auch mehr Gefühl, als in der heutigen Welt gut ist für einen. Aber ganz sicher ist er nicht geizig. Eher ist er ein Gerechtigkeitsfanatiker, gerade wenn es um so ein Aufreger-Thema wie die Preisgestaltung in der Gastronomie geht. Weil von dem, was ein Menü in diesem Zug kostet, könnte in einer ärmeren Weltgegend eine fünfköpfige Familie einen ganzen Monat lang leben! Im Burgenland zum Beispiel. Naja, nimmt er halt ein Bier, das ist auch nährstoffreich, und gegen den ärgsten Hunger den *Flipper-Teller*: vier Fischstäbchen um zwölf Euros. Für morgen kann er sich dann beim Zwischenstopp in Bukarest im Bahnhofsresti ein bisschen etwas einpacken lassen.

„Entschuldigung", tapperlt ihm einer auf die Schulter, „sind Sie nicht der Austrofred?" Ein junger Mann im Queen-Leiberl (*Greatest Hits II*-Motiv), mittelgroß, unsauber rasiert. Brille mit bunten Bügeln, also Oberösterreicher. Linzer wahrscheinlich, zumindest Zentralraum.[25]

„Ja sowieso, klar, und wer bist du? Setz dich doch her zu mir!" Voll auf sympathisch und gleich auf Du und Du. Weil auf das stehen die Leute, das festigt die Publikumsbindung.

Es stellt sich heraus, dass der Fan aus der oberösterreichischen Landmaschinen-Metropole Grieskirchen stammt und die Fahrt im Orient-Express, die schon immer ein bisschen sein

25 Der Linzer liebt Brillen mit farbigen und also originellen Bügeln wie sonst nichts auf der Welt. Wer mir das nicht glaubt, braucht nur einmal mit offenen Augen die Linzer Landstraße auf und ab gehen. Wahrscheinlich wollen die Linzer mit ihrem ausgeprägten Kultur-Minderwertigkeitskomplex auf diese Weise den arroganten Wienern und Salzburgern signalisieren, *schauts her, wir haben zwar vielleicht keine Staatsoper und keine Festspiele, aber wir haben farbige Brillenbügel!* Linzer und vor allem Linzerinnen, die das Pech haben, dass sie keinen Augenschaden haben, tragen neuerdings große farbige Armbanduhren.

Traum gewesen ist, bei einem Modelleisenbahnlandschaftsbauwettbewerb gewonnen hat. Und dass er jetzt im Zug auf einmal seinem Idol (ex aequo mit dem Freddie Mercury) gegenübersitzt, das ist natürlich der Überhammer. Überhaupt dürfte er gerade eine Glückssträhne haben, weil in Istanbul hat er auch noch auf einer Plattenbörse eine ägyptische Fehlpressung von der *The Game* von den Queen gefunden, für 300 Euros.

„Ich weiß zwar nicht“, sagt er, „wie ich das meiner Frau erklären soll, dass sich jetzt der neue Kühlschrank doch nicht ausgeht, aber es hat mich einfach so gejuckt, ich habe mir die Platte kaufen *müssen.* Und wer weiß, vielleicht kann ich sie ja irgendwann ein bisschen teurer verkaufen. Die steigt sicher noch im Wert.“

So ein Simpel! *Ein bisschen teurer!* Für eine solche Fehlpressung aus dem arabischen Raum kriegst du am Ebay locker 5000 Euros dafür, wenn nicht mehr. Der arme Kerl tut dem Austrofred jetzt schon leid, weil irgendein Gauner zockt den garantiert ab.

„Du, diese *Game*-Platte“, fragt er, „wenn du sagst, du willst sie verkaufen – was willst du denn da haben dafür?“

„Nein nein, so bald verkaufe ich die nicht, jetzt will ich erst selber meine Freude haben damit. Ich sehe das eher als eine langfristige Wertanlage.“

„Naja, sooo eine Wertanlage ist das auch wieder nicht, weil solche ägyptischen Fehlpressungen, die gibt es massenweise. Die Ägypter pressen nämlich von Haus aus sehr schlampig. Aber ich hätte da einen Spezl, der sammelt partout genau so etwas. Ich glaube, 400 täte er dir schon zahlen dafür. Überleg einmal, das ist ein Hunderter Gewinn, ohne dass du etwas hackeln musst dafür, und mein Spezl hätte eine Freude. Er hat nämlich Lungenkrebs, der arme Hund. Dabei hat er immer so gerne geraucht. Vier

Packerl Ernte am Tag. Und jetzt liegt er da und darf nichts mehr tschicken. Der hat nur noch seine Queen-Sammlung …"

„Das tut mir sehr leid, aber die Platte verkaufe ich trotzdem nicht."

„Gut, musst du selber wissen. Ich glaub, 450 wäre sie meinem Spezl schon wert. Aber ich hör schon auf, weil mir persönlich ist es ja egal. Mein Freund hätte halt eine riesige Freude gehabt. Vielleicht die letzte in seinem Leben …"

„Entschuldigung, dass ich so etwas Intimes frage, Herr Austrofred, aber dieser Freund, von dem Sie reden – ist das Ihr Lebensgefährte?"

„Mein was!?!?!", verkutzt sich der Austrofred und will nach seiner Serviette greifen, streift dabei aber sein Bierglasl, unglücklich. Das Glasl kippt, ihm voll auf die Hose, er springt auf, schreckt den Kellner, der ihm gerade das bestellte Ketchup bringt. „Mein Lebensge…?!", schreit er, während sich der Kellner aufrappelt, die Uniform mit Ketchup verschmiert, „sag einmal, rennt es dir noch ganz! Schaue ich vielleicht aus wie ein Warmer?!"

*

Als Autor muss ich an dieser Stelle anmerken, dass ich obige Wortwahl natürlich zutiefst bedauere, aber ich möchte nun einmal mit diesem Buch ein ehrliches Dokument abliefern, und genau so habe ich es halt gesagt. Ich sage aber gleich dazu, dass ich keinerlei Vorurteile habe gegen irgendwelche sexuellen Weltanschauungen, sondern ich bin da genauso offen wie gegenüber einem jedem anderen zahlungskräftigen Publikum. Die Geschmäcker sind halt verschieden. Ich gehe auch jedes Jahr auf den Life Ball und fühle mich sehr wohl unter den schrägen Vögeln dort. Wieso auch nicht?

Außerdem ist das Wort *Warmer* auf keinen Fall abfällig gemeint, weil dort, wo ich aufgewachsen bin, war das die übliche Bezeichnung. Unbekannterweise freilich, weil damals hat es im Bezirk Steyr-Land noch gar keine Homosexuellen gegeben. Sobald man an einem halbwüchsigen Burschen eine solche „Neigung“ entdeckt hat, hat man geschaut, dass man ihn nach Linz ins Priesterseminar schickt, oder nach Kremsmünster ins Stift. Das war halt einfach eine andere Zeit. Anders als in der weltoffenen Türkei wäre es im rückständigen Oberösterreich der Achtzigerjahre auch noch etwas „Schwules“ und also ein Weltuntergang gewesen, wenn einer in der Disco eine Gummihose anhat, wo hinten der Arsch frei ist, und ein anderer streichelt ihm drüber. In Istanbul gang und gäbe!

*

„Also, was ist“, knurrt der Austrofred, während der Kellner mit einem Wettex die Sauerei aufwischt, „willst du jetzt behaupten, ich bin ein Warmer, oder was?“

„Nein, natürlich nicht“, sagt sein Fan, „ich habe nur gedacht, weil ich in der Zeitung gelesen habe, dass Sie in Istanbul durch so Schwulen-Clubs touren …“

„Ah, von dem her kommt das! Von diesem Lügenbericht! Soll ich dir verraten, wer diesen Artikel geschrieben hat? Eine Sau hat diesen Artikel geschrieben! Ein Kritikerhansl namens Sigi Neidhart. Ein ganz ein mieser Typ, ein reiner Neidhammel. Der wollte mich nur bei meinen Fans schlechtmachen, bei den weiblichen, weil für die bin ich nämlich eine sexuelle Projektionsfläche und das gönnt er mir nicht, dieser Nudeldrucker.“

Und das ist auch die Wahrheit. Nur deswegen muss ein Populärkünstler solchen Behauptungen überhaupt so entschieden entgegentreten. Weil sonst kann es einem passieren, dass auf einmal das Damenpublikum sagt, aha, wenn das so ist, dass wir eh nicht in das Beuteschema vom Austrofred hineinfallen, dann brauchen wir ja gar nicht mehr auf seine Konzerte gehen. Da gehen wir lieber zum Manuel Ortega, der hat mehrere uneheliche Kinder, das gefällt uns besser, insgeheim.

„Ja, ein bisschen unausgewogen ist mir der Bericht eh vorgekommen", sagt der Fan, „aber dass der vom Neidhart war, das habe ich nicht gewusst. Den kenne ich nämlich ein bisschen. Beziehungsweise eigentlich mehr seinen Bruder, das ist ein Feuerwehrkollege von mir."

„Bei euch in Grieskirchen? Ich habe geglaubt, der Neidhart ist ein Salzburger?"

„Ursprünglich schon, aber jetzt arbeitet er in Schallerbach, als Masseur."

„Was, der schreibt gar nicht hauptberuflich?"

„Nicht mehr, der massiert jetzt. Und dass er ein bisschen neidisch ist, das kann ich mir gut vorstellen, weil er hat es ja selber lange als Musiker probiert. Dann ist er Journalist geworden, das ist sich aber auch nicht ausgegangen, finanziell, und jetzt hat ihn sein Bruder, der als Badewaschl im *Aquapulco* hackelt, in Schallerbach untergebracht. Weil gelernt hat er ja nichts."

Erstaunt hebt der Austrofred eine seiner zwei Augenbrauen. Die andere bleibt unten. Wie klein doch die Welt ist: Jetzt arbeitet also der Neidhart in Bad Schallerbach, wo er selbst justament gerade hinfährt! Das passt dem Ausnahme-Vokalisten natürlich perfekt ins Konzept, weil trotz aller Widrigkeiten hat er nicht auf seinen Schwur vergessen, dass er, sobald er wieder in Österreich ist, dem kleinwüchsigen Kritiker eine anpresst dafür, dass er seine Show nicht nur massiv hinuntergedodelt hat, sondern sogar noch Leserbriefe geschrieben hat, unter Pseudonym, in denen er sich selber recht gibt! Da ist es längst überfällig, sinniert der nicht unansehnliche Rockstar, dass er ihm auch einmal einen Leserbrief zukommen lässt, aber diesen Leserbrief verfasst er nicht schriftlich, sondern in Form einer überzeugend formulierten Tetschn.

„Im Aquapulco arbeitet er, sagst du?"

„Im Aquapulco oder in einem der anderen Schallerbacher Bäder. So genau weiß ich das nicht."

„Interessant", sagt der Austrofred und will wieder die Augenbraue heben. Sie ist aber von vorher noch oben.

„Gehns, Herr Austrofred?"

„Was denn?"

„Sie sind mir eh nicht mehr böse, weil ich das gesagt habe mit dem Lebensgefährten?"

„Nein, überhaupt nicht, wir haben dieses Missverständnis ja offen ausdiskutiert wie erwachsene Menschen. Leid ist mir nur um das ausgeschüttete Bier."

„Wartens, ich bestelle Ihnen ein neues."

Na, da sagt der Austrofred natürlich nicht Nein.

Meinen werten Lesern wird vielleicht schon aufgefallen sein, dass bei den Erlebnissen vom Austrofred regelmäßig ein gewisses Quantum Alkohol eine Rolle spielt. Aber das kommt nicht vielleicht von dem her, dass er ein Säufer wäre, weil das stimmt natürlich (so) nicht. Die Wahrheit ist ganz einfach die, dass zu einer gemütlichen Runde immer auch ein Glaserl Wein oder eine gepflegte Halbe dazugehört. Das ist so. Und es wird einem ja beim Reden auch der Mund trocken. Dagegen wirkt ein Biertschi oft Wunder. Auch wenn es wo eine kleine Unstimmigkeit gibt, kann ein gemeinsames Trinkerlebnis darüber hinweghelfen, indem man dadurch offener auf seine Mitmenschen zugeht. Aktuell nutzt der fesche Alpinrocker die positiven Funktionen vom Alkohol freilich auch dahingehend, dass sein Gegenüber ein bisschen lockerer wird, relaxter, damit er mehr erfährt über einen gewissen Kritiker (und Masseur!) beziehungsweise über eine noch gewissere Schallplatten-Fehlpressung. Ja, das sind halt die Tricks von einem Profi.

„Trink noch eins", sagt der Austrofred, obwohl beide schon einige Hülserl intus haben.

„Ich kann nicht mehr."

„Ah geh, eines ist immer noch gegangen. Ein Betthupferl. Ich zahl. Ich habe übrigens selber eh auch schon einen Gspürer. Gerade habe ich geglaubt, die Mirjam Weichselbraun geht vorbei."

„Vielleicht war sie es ja wirklich."

„Nein, sicher nicht. Weil die da war zwei Meter groß, und die echte Mirjam Weichselbraun ist höchstens 1,50. Ich bin einmal in Mürzzuschlag neben ihr in einer Jury gesessen, für einen Hundefrisuren-Wettbewerb, und sie ist mir nicht einmal bis zu den Brustwarzen gegangen. Im Sitzen!"

„So klein ist die?"

„Jaja, 1,50 höchstens!"

„Das glaube ich nicht, die ist doch sicher 1,60 oder 1,70!"

„1,50, wenn ich es dir sage!"

„Das kann ich mir fast nicht vorstellen."

„500."

„500 was? Zentimeter? Jetzt steh ich auf der Leitung."

„500 Euros. Für die Platte."

„Die Platte?"

„Na, die Queen-Platte. *The Game*. 500."

„Die verkaufe ich nicht."

„Gut, ganz wie du meinst … Geh, trink ein bisschen schneller, dir trocknet ja schon das Glasl aus."

„Haben Sie übrigens gewusst, Herr Austrofred, dass es in Asien oder wo Insekten gibt, die produzieren einen körpereigenen Alkohol, damit ihnen warm bleibt."

„Geh!"

„Jaja, die sind immer rauschig."

„Ich habe einmal gelesen, dass in Taiwan eine Frau für ein Preisausschreiben vier Millionen Mücken erschlagen hat, das müssen solche gewesen sein. Weil die werden langsam gewesen sein vom Alkohol, sonst gibt es das nicht."

„Ja, die haben sicher einen Dampf gehabt! Wie viele Muckerl hat sie erschlagen?"

„600."

„Ach so, das geht."

„Nein, für die Platte. 600 Euros. Mein letztes Wort."

„Ich verkaufe nicht."

„700."

Noch während der Austrofred dieses tatsächlich allerletzte und, wenn ich mir als außenstehender Autor diese Bemerkung erlauben darf, sehr generöse Angebot unterbreitet, bremst der Zug scharf zusammen. Ein Ruck fährt durch den Speisewagen, da und dort fällt etwas hinunter, eine Dame kippt sich den sauteuren Auberginen-Papp auf die Bluse. Immerhin: Das Bier vom Austrofred bleibt diesmal verschont. Und doch hat der Ruck schwerwiegende Folgen. Weil wie das Schicksal solche Zufälle oft genial plant, fällt dem Grieskirchener Fan unter dem Tisch die Tasche um und die seltene Fehlpressung rutscht, vom Besitzer unbemerkt, direkt vor die Füße des sportlichen Shouters. Der greift kurz hinunter, wiegt die Platte in der Hand, streichelt sanft darüber. Ein unvermuteter Blitz durchfährt seinen Körper, millisekundenlang. Im nächsten Moment sagt der Mitreisende schon, „danke, dass Sie mir die Platte aufgehoben haben, Herr Austrofred", und nimmt sie ihm aus der Hand. Aber im Hirn des Künstlers ist etwas passiert, intern, das spürt er ...

Immer noch elektrisiert, zahlt der Austrofred seinen Flipper-Teller und seine Hopfengetränke, verabschiedet sich höflich und verschwindet dorthin, wo auch ein Champion im Notfall zu Fuß hingeht, nämlich auf die Toilette. Und wir, liebe Leser, werden ihm dabei zuschauen.

4

Muss das denn jetzt auch noch sein, haben sich garantiert einige gedacht, wie ich dieses Kapitel angekündigt habe. Dieser Austrofred ist schon eine Sau, jetzt beschreibt er auch noch, wie er aufs Klo geht. Ich bin aber keine Sau, sondern ein Mensch, und als solcher habe ich nun einmal einen menschlichen Körper und den kann und will ich nicht verleugnen, auch wenn ich immer die nobelste Zurückhaltung geübt habe, was zum Beispiel die Darstellung von einer gewissen Sexualität betrifft. Wo heute in Filmen und sogar auf der Bühne hemmungslos der Körper in seinen verschiedenen Funktionen gezeigt wird, bleibt beim Austrofred vieles der Fantasie vorbehalten, wodurch es teilweise freilich noch viel erotischer wirkt.

Von dem her werde ich hier sicher nicht detailliert beschreiben, wie die Seidenhose vom Austrofred seine muskulösen Beine hinuntergleitet, sich verspielt um seine Fesseln rafft, wie er sich erleichtert hinsetzt, tief durchatmet und was für eine Konsistenz dann das „Ergebnis“ der Sitzung hat. So etwas wäre nicht mein Stil. Mich beschäftigt, was sich psychisch abspielt, im Kopf. Und ich glaube, auch meine Leser, die ja fast ausschließlich aus den einfachsten Milieus kommen, interessiert es, was ein Prominenter wie der Austrofred so für Gedanken hat, wenn er „sitzt“. Weil natürlich erlebt ein solcher das ganz anders als der „normale“ Mensch.

Zum Beispiel ist der Prominente viel mehr darauf bedacht, dass ihm keiner „dabei“ zuschaut. Logisch, weil wenn ein Normaler am Klo gefilmt oder fotografiert wird, dann ist ihm das vielleicht peinlich, aber er wird deswegen nicht seine Arbeit verlieren oder Nachteile im sozialen quasi Umfeld erleiden. – Im Gegenteil: Wahrscheinlich verhundertfachen sich sogar seine Facebook-Freunde. Wenn ich aber zum Beispiel der Bundeskanzler Faymann bin und ein solches Foto taucht in der U-Bahn-Zeitung auf, dann kann ich morgen zurücktreten, indem nämlich ein Foto vom Faymann am Häusl mit der Würde von einem Bundeskanzler nicht zu vereinen ist. Komisch eigentlich, jetzt ist das die natürlichste „Sache“ der Welt und ein jeder macht sie, und trotzdem möchten wir unsere Politiker, die uns ja eigentlich quasi repräsentieren, in genau dieser (hockenden) Stellung nicht sehen.

Ich persönlich bin diesbezüglich besonders gschamig, weil ich tu mir ja schon schwer damit, dass ich mich vor anderen Leuten ausziehe. Da spreizt sich einfach mein innerer Ministrant dagegen. Ich meine, rein theoretisch bin ich der überzeugteste FKKler, den es gibt, weil ich sage immer, die Haut, die meine Hinterpartie oder meine Hoden überzieht, ist vom Prinzip her genau dieselbe Haut wie die auf meinem Wangerl, und auf das hat mir immerhin die

Dagmar Koller beim Life Ball schon einmal ein Busserl gegeben. Von dem her kann da nichts Schlechtes dran sein. Aber in der Praxis geniere ich mich halt doch schnell einmal – auch wenn ich mir einen solchen Genierer oft nicht leisten kann, wenn ich wieder einmal bei einer Privatfeier aus einer Geburtstagstorte springen muss, ohne allzu viel Textil am Körper. Beziehungsweise, wie in Istanbul üblich, hinter einen Dönerspieß hervor.

Etwas anderes, was sich jeder halbwegs prominente oder überhaupt relevante Mensch irgendwann schon einmal gefragt hat, ist, was es wohl für den Nächsten für ein Gefühl wäre, wenn er wüsste, wer da vor ihm „gesessen" ist. Wüsste der das zu schätzen? Wäre es ihm egal? Oder würde er ausflippen und sich arschlings nie mehr waschen? Weil, überlegts einmal: Auch ein Michael Jackson, der zeitlebens große Angst vor Bakterien gehabt und nie ein Paar Socken ein zweites Mal angezogen hat, auch dieser Michael Jackson hat sich nicht einfach jedes Mal ein neues Klo bauen lassen können, wenn er „groß" gemusst hat, sondern er hat die ganz normalen Einrichtungen benutzt wie jeder andere auch. Sogar diesem Michael Jackson muss also jemand „nachgefolgt" sein und sich vielleicht gedacht haben, haltaus, die Brille ist ja noch „warm" vom „Vormieter", das empfinde ich als unangenehm. Wenn er aber gewusst hätte, dass es die „Wärme" vom Michael Jackson ist, dann hätte er das ganz anders „wahrgenommen": Er hätte sich „gefreut" über dieses „intime" „Autogramm".

*

Das sind also die Überlegungen, die der Austrofred in den Sanitäranlagen des Orient-Express anstellt und über denen er ein wenig einnickt. Gönnen wir ihm das bisschen Schlaf, er hat es sich verdient. Er ist erschöpft vom vielen Stress und berauschigt vom ungewohnten Luxus des noblen Zuges sowie vom Bier. Lassen wir diesen tapferen Menschen ein paar Minuten in gekrümmter Stellung (Embryo!) vor sich hindösen. Gleich wird er sich mit übermenschlichen Kräften wieder aufraffen, das Papier mehr schlecht als recht für den Zweck verwenden, für den es gedacht ist, die Spülung ziehen, die Hände in die Nähe vom Wasserhahn halten und bettschwer Richtung Kabine verschwinden. Garantiert schläft er heute Nacht besonders tief und fest. Wir können ihn also ruhigen Gewissens allein lassen, liebe Leser. Ganz sicher. *Gute Nacht, Austrofred! Schlaf gut!*

5

Kühn schneidet der Orient-Express durch die eiskalte rumänische Nacht. Eine Kirchturmglocke schlägt: einmal … zweimal … dreimal … viermal für die volle Stunde. Dann noch einmal mit tieferem Timbre: Es ist ein Uhr. Jedoch kann man die Glocke im dahinrasenden Zug nicht hören. Wegen der Thermoverglasung.

Finster presst sich am Gang des vierten Wagens eine geheimnisvolle Gestalt in eine versteckte Nische. Sie atmet ganz leise, konzentriert, wie eine Wildkatze. Die Gestalt möchte nicht gesehen werden, das drückt sich durch ihre Haltung deutlich aus. Ein Körpersprachen-Experte wie der Samy Molcho würde wahrscheinlich feststellen, dass diese Person etwas Ungutes im Sinn hat, etwas Gemeines, vielleicht sogar etwas Verbrecherisches.

Vorsichtig tastet sich die zwielichtige Figur weiter, den finsteren Gang entlang, bleibt regungslos vor einer Kabine stehen. Sie lauscht an der Tür, eine halbe Minute, schiebt sich lautlos hinein. Ein wenig später taucht sie wieder auf, in ihren Händen ein Viereck, circa so groß wie eine Schallplatte. Schweiß tropft vom Schnauzbart des mysteriösen Schattenwesens, sein Körperbau ist der eines Athleten. Auffällig ist auch die weiße Seidenhose, die in der Nacht so gespenstisch leuchtet, als gäbe es am Gang nicht nur eine Notbeleuchtung, sondern so ein UV-Licht, wie sie das oft auf Bahnhofsklos haben, zum Giftlerpflanzen.

Ja, liebe Leserinnen und Leser, ein Diebstahl ist geschehen, ein heimtückischer, und ich sage es, wie es ist: Ich bin da nicht stolz darauf. Aber ich bitte auch zu verstehen, dass der Täter gegen seinen eigentlichen Willen handelt, quasi ferngesteuert, unter Hypnose. Er ist ein armer Teufel, ein Getriebener, muss seiner Sucht nachgeben. Und außerdem: Wer selber ohne Schuld ist, der werfe den ersten Stein.

Plötzlich herannahende Stimmen. Das Personal! Er muss sich verstecken, schnell! Hastig drückt er die Klinke der nächsten Tür, springt in die stockfinstere Kabine. Gerade noch rechtzeitig. Draußen gehen zwei Männer vorbei. Er hält die Luft an, bis sie weg sind. Geh leck!

„Ich habe gewusst, dass du kommen wirst“, hört er jetzt eine Stimme hauchen. Ein gewisser verführerischer Unterton ist nicht zu überhören …

6

Was meine Leser jetzt am meisten interessiert, ist natürlich, was denn das für eine Sucht ist, der der kühne Täter so erlegen ist, dass er dafür sogar zum Dieb wird. Ein sonst so rechtschaffener Mann! Die Wahrheit ist: Es ist Leidenschaft, die ihn treibt – und zwar Sammelleidenschaft. Wo das herkommt? Ich weiß es nicht. Teilweise sicher von einer gewissen berufsbedingten Gier nach immer mehr. Weil du darfst ja als Künstler nie genug haben, du darfst nie zufrieden sein. Dein nächstes Buch muss immer ein noch größerer Bestseller werden als das letzte, deine nächste Platte deine beste Platte überhaupt.

Ein Tontechniker vom *Birdland* – dem tschari gegangenen Nobel-Jazzclub, den der Joe Zawinul im Keller vom Wiener Hilton-Hotel betrieben hat – hat mir erzählt, dass ihn der Zawinul bei jedem Konzert angeschrien hat, „turn the Keyboards up! Louder!" So laut hat der die Keyboards gar nicht drehen können, dass nicht trotzdem der Joe geschrien hat, „up up up!". Bei jedem einzelnen Konzert. Nie war er zufrieden. Weil der Joe hat immer das Beste erreichen wollen und genau das hat ihn zu einem großen Künstler gemacht.

Oft entwickelt einer auch eine Sammelleidenschaft, weil er etwas Besonderes, vielleicht sogar etwas Persönliches von seinem Idol besitzen will. Einen Ersatz dafür, dass er den echten Star nicht haben kann. Ich selbst werde nach meinen Konzerten regelmäßig von Sammlern gefragt, ob sie nicht mein durchgeschwitztes Bühnen-Leiberl haben könnten. Sie täten es daheim in eine Vitrine sperren und einmal im Jahr, am 13. Juli, meinem Geburtstag, würden sie es herausholen und daran riechen. Das wäre die Krönung ihres Lebens.

Dieser Art von Reliquienkult begegnet man in meinem Beruf sehr häufig. Einmal habe ich eine junge Frau erwischt, wie sie ein von mir angebissenes Streichkäsebrot aus meinem Backstageraum fladern wollte. Aber nicht, weil sie vielleicht Hunger gehabt hat, sondern sie hat in ihren Köper etwas aufnehmen wollen, was auch der Austrofred in sich aufgenommen hat, als quasi gemeinsame Kommunion von etwas Heiligem. Streichkäse in diesem Fall.

Freilich ist das Sammeln von Fan-Reliquien etwas anderes als das Sammeln von so etwas Weltlichem wie Briefmarken, Bierdeckeln oder PEZ-Manderln. Aber auch dafür gibt es Gründe, evolutionsbedingte sogar, habe ich gelesen. Wie ein Wettex saugt nämlich unser Hirn Unmengen von Informationen auf, die ganze Zeit, viel mehr als uns selber bewusst ist, und die muss es dann sortieren. Das Hirn muss das Wichtige vom Unwichtigen trennen, das ist seine Hauptaufgabe – und genau das wird beim Sammeln trainiert.

Warum ich selber Briefmarken sammle, hat aber ganz einen anderen Ursprung: Weil es ist ja ein bekannter Code, dass man zu einer Lady sagt, magst du dir meine Briefmarken anschauen, aber in Wirklichkeit ist das nur ein Vorwand zum Mit-aufs-Zimmer-Nehmen. Nicht allen ist aber dieser Code bekannt, und so ist es mir früher ein paar Mal passiert, dass eine dann wirklich meine Briefmarken sehen wollte und richtiggehend krawutisch geworden ist, wie ich zugeben habe müssen, dass ich gar kein Album habe. Da ist es teilweise zu unschönen Szenen gekommen. Also bin ich dann einfach einmal auf die Post gegangen und habe mir ein paar Bögen gecheckt und seitdem bin ich ein Briefmarkensammler. Man kann also sagen, ich bin zum Sammeln von Postwertzeichen über das quasi Sammeln von „zwischenmenschlichen Begegnungen“ gekommen. Apropos …

7

„Ich habe gewusst, dass du kommen wirst, Fred. Obwohl ich ja schon kurz geglaubt habe, wie ich durch den Speisewagen gegangen bin, du kennst mich nicht mehr. Dabei haben wir uns bei der Hundefrisurenshow in Mürzzuschlag damals so gut verstanden!"

Keck lachen die pfiffigen blauen Augen der Mirjam Weichselbraun aus der Mahagoni-Pritsche heraus. Ihr begehrender Blick mustert anerkennend den Rockkünstler. Er hat sich wirklich so gut gehalten, wie alle sagen.

„Was hast du mir denn da mitgebracht?", fragt sie und deutet auf die Schallplatte in seiner Hand.

„Das? Ah, das ist nur eine Queen-Platte, eine seltene …"

„Mah, das ist lieb, vielen Dank! Ich bin eh so ein riesiger Freddie-Mercury-Fan. Obwohl … eigentlich steh ich ja auf alle Freddies, die gut singen können, wenn du weißt, was ich meine."

„Mirjam, du Lauser", sagt der Austrofred und schmeißt die Platte achtlos ins Eck, „ich weiß schon, was du meinst – ich kann ganz gut zwischen den Zeilen lesen … Darf ich mich ein bisschen zu dir legen?"

Sie sagt darauf nichts, aber aus ihren strahlenden Augen leuchtet tiefes Begehren. Erotik pur. Der Musiker zieht sich langsam die Schuhe aus. Auch die Socken. Das restliche Gewand lässt er an, das muss sie erledigen. Sensibel schmiegt er sich an die warme Moderatorin, die ihre weichen Lippen sanft über seine Schulter gleiten lässt wie ein Reh. Kein unschuldiges Reh freilich, sondern eines, das genau weiß, was es tut. Ganz langsam arbeitet sie sich seinen Oberkörper hinunter, jede Pore auskostend. Beim

Bauchnabel angekommen, schnellt kurz ihre kleine Zunge hervor, was den Champion laut aufstöhnen lässt. Dann gleitet sie weiter. Bald wird sie einen Gang höher schalten …

*

Mehr darf ich leider nicht verraten, weil die Mirjam hat zu mir gesagt, nur wenn das ganz vertraulich unter uns bleibt, gibt sie sich mir hin. Sinngemäß zumindest. Sie selbst hat es weniger geschwollen ausgedrückt, aber den genauen Wortlaut kann ich hier nicht herschreiben, sonst wird mir das Buch konfisziert. Egal, die Feinspitze kennen sich aus. Und nachdem sie ihren Teil der Vereinbarung gehalten hat, jetzt halte ich auch den meinen und schweige und genieße, wie es sich für einen echten Gentleman gehört.

8

Stöhnend und schnaufend liegt der Austrofred am Bauch, regungslos, fast nackt. Er ist fertig, am Ende, er kann nicht mehr. Sein müder Blick gleitet willenlos das Leintuch entlang. Sein ganzer Körper sendet nur mehr dumpfe, abgekämpfte Signale. Dazu der stechende Schmerz im Unterleib, wie wenn ein Bundesheer-Panzer darauf gewendet hätte. Alles in diesem Bereich ist völlig überreizt. Außerdem tun ihm die Hände weh, weil die Handschellen ihm die Venen abschneiden. Wie hat er nur in eine solche Situation kommen können?

„Was ist jetzt“, sagt der Glatzerte ungeduldig, „wo hast du die Schallplatte versteckt, die du ihm gestohlen hast?“

Bei *ihm* deutet er auf meinen Grieskirchner Fan, der natürlich gleich nachbeißt:

„Irgendwo muss er sie haben, garantiert, weil sonst hat keiner etwas von der Platte gewusst!" Und überhaupt hat er gestern den ganzen Abend so komisch getan, und abrauschigen wollte er ihn auch, „dieser Warme".

Wie sich der Fan – in weiterer Folge wird in diesem Buch nur mehr als *Ex*-Fan von ihm die Rede sein – in der Früh dann seine Wertanlage anschauen will, jetzt ist sie nicht mehr da. Natürlich fällt ihm als Erstes sein Gespräch mit dem bis dato völlig unbescholtenen Sänger ein und er rennt gleich zum Zugbegleiter, schergerln. Der weiß zwar nicht recht, was er machen soll, aber er erinnert sich, dass in seinem Waggon, noch dazu in derselben Kabine wie der mutmaßliche Täter, ein Wiener Cobra-Polizist[26] mitfährt, der zwar eigentlich auf einen türkischen Mafia-Paten angesetzt ist, aber ihm ist eh schon ein bisschen fad, da nimmt er sich außerdienstlich gerne mal einen Schallplattenräuber vor. Ist einmal etwas anderes als diese ewigen Geiselnehmer und Terroristen. Außerdem hat der Arsch ihm seine Kekse weggefressen, und schnarchen tut er auch.[27] Da drückt er ihm sein Knie gleich noch ein bisschen fester ins Kreuz.

„Ich weiß nicht, was ihr habts, ich habe die Platte nicht", schreit der in Bedrängnis geratene Rock-Veteran.

„Und wo warst du dann die ganze Nacht?", sagt der Glatzerte, „du bist erst um halb vier ins Bett gegangen."

26 Das Einsatzkommando Cobra ist die wichtigste polizeiliche Sondereinheit Österreichs und direkt dem Innenministerium unterstellt. Bei ihrer Aufnahmsprüfung müssen diese Spezialisten unter anderem ein drei Meter langes Seil hinaufkräulen, ohne dass sie mit den Füßen mithelfen, und eine Beckenlänge mit gefesselten Händen schwimmen. Wenn sie bestehen, dann machen sie eine sechsmonatige Grundausbildung mit Schießtraining, Nahkampf, Sprengtechnik und Präzisionsschießen. Dementsprechend sind das bestens ausgebildete Männer und Frau (es gibt nur eine). Angeblich kriegen sie in Zukunft als Freifach sogar noch ein bisschen Psychologie dazu.

27 Fiktion!

„Wo ich war“, sagt der Austrofred galant und lächelt über sein süßes Geheimnis, „das geht euch Arschwarzen nichts an!“ Dafür kassiert er eine Kopfnuss, die siebte insgesamt. Schön langsam, das muss er zugeben, ist er nicht mehr ganz glücklich mit der Situation.

„Arschwarze sagt der zu mir“, meckert der Ex-Fan, „und das von einem solchen Gesindel! Geht schon, sag endlich, wo meine Platte ist!“

„Ich habe sie nicht“, quillt es aus dem Champion, „wirklich nicht, ihr könnts gern in meinem Koffer nachschauen, im Toilettetascherl – was ihr wollts!“

Kurz sucht der Barhäuptige die Augen des stumm anwesenden Zugbegleiters. Er nickt. Für die Eisenbahngesellschaft geht das in Ordnung.

Was jetzt kommt, ist die erniedrigendste Viertelstunde im Erdendasein des *Eich Dodln gib i Gas*-Sängers: die genaue Inspektion seiner Wäsche. Jedes Kleidungsstück, jeder Kosmetikartikel wird vom Cobra-Mann herausgezogen und peinlich genau darauf untersucht, ob nicht die gestohlene Schallplatte darin versteckt sein könnte. Reine Schikane. Mehrere Bühnenoutfits finden die Inquisitoren, verschiedenen Phasen der Queen-Geschichte nachgeschneidert, dazu sieben weiße Seidenhosen, sieben weiße ärmellose Leiberl, sieben weiße Tangas und sieben Paar weiße Tennissocken – für jeden Tag der Woche eine komplette Garnitur, weswegen auch jedes einzelne Teil auf der Innenseite mit *Mo, Di, Mi, Do, Fr, Sa* oder *So* gekennzeichnet ist. – Wobei zu ergänzen ist, dass sich der Rockkünstler nur selten an diese Bezeichnungen hält.

Dann fischt der Zugbegleiter ein weißes Leinensackerl mit *Zielpunkt*-Aufdruck aus dem Koffer. „Nein, das nicht“, will das oberösterreichische Bühnenphänomen intervenieren. Ohne Erfolg. Stattdem kassiert er die achte Kopfnuss, während der Zugbegleiter einen breiten weißen Gürtel aus dem Sackerl zieht.

„Grinsts nicht so deppert", entfährt es jetzt dem zornigen Künstler, „oder habts ihr noch nie ein Herrenkorsett gesehen?"

Es ist das Natürlichste auf der Welt, dass ein 43-Jähriger nicht mehr denselben Körper hat wie ein 25-Jähriger, auch wenn er sich noch so gut hält und oft genug für 35 gehalten wird. Für dreißig sogar! Aber ganz gehen die vielen Jahre des Erfolges und der Lebenserfahrung halt an niemandem vorüber, das ist klar. Wer etwas anderes sagt, der lügt. Im Übrigen geht es bei einem Korsett ja nicht darum, dass man etwas Schiaches kaschiert, sondern im Gegenteil, dass man etwas Schönes noch einmal optimiert. Auch die von Haus aus schon schöne Kaiserin Elisabeth hat ein Korsett getragen, und nicht vielleicht der wamperte Franz Joseph.

„Aber irgendwo muss sie doch sein", jammert der Ex-Fan. „Eine silberne Queen-Platte, *The Game*, vorne drauf die Band in Ledermontur. Eine seltene Fehlpressung!"

„Eine Fehlpressung?", fragt der Zugbegleiter, „das verstehe ich nicht."

„Naja, die Platte hat halt einen Fehler. Es ist auf beiden Plattenseiten die A-Seite drauf."

„Das heißt, die Platte ist defekt? Ja? Weil wenn sie defekt ist, dann ist sie kein Wertgegenstand."

„Defekt ist sie schon, aber genau das ist ja das Wertvolle dran."

„Tut mir leid, defekt ist defekt."

„Wegen einer hinichen Schallplatte mache ich mir da die Hände dreckig mit dem da!", schnauft jetzt der Glatzerte ungläubig und gibt dem Champion pro forma noch eine Nuss, „das ist ja wohl ein Witz!"

„Die Platte ist nicht hinich“, antwortet der Ex-Fan, „sondern die ist besonders wertvoll, eben weil sie einen Fehler hat.“

„Ja, ganz sicher, du Wappler. Schleich dich, bevor ich dir auch noch eine mitgebe“, faucht der Cobra-Mann ihn an. Auch der Zugbegleiter macht ein schwer enttäuschtes Gesicht. So ein Trara wegen einer kaputten Schallplatte! Für was halten sich diese Menschen?!

9

In einem schlampig geschriebenen Roman täte jetzt stehen, dass unser Held noch einmal mit einem blauen Auge davongekommen ist. Das ist aber nicht korrekt, weswegen es hier auch nicht steht. Dieses Buch ist nämlich der Wahrheit verpflichtet, und nichts als der Wahrheit. Zwar fühlt sich der Kopf vom Austrofred relativ ungut an, und die Würgemale werden seine Enkelkinder noch sehen können – sofern sie je den Namen ihres Großvaters erfahren –, aber seine Augen sind nicht blau, sondern rehbraun wie eh und je. Ein blaues Guck hätte der Champion bei seinem wichtigen Auftritt in Bad Schallerbach auch wirklich nicht brauchen können.

Mit dem Rollkoffer im Schlepptau macht er sich jetzt auf den Weg zum Speisewagen, weil in seiner Kabine will er nach den erschütternden Vorkommnissen des vorigen Kapitels nicht mehr bleiben. Keine Sekunde länger hält er es neben diesem Cobra-Menschen aus. So ein grober Lackel, sinniert der lädierte Austro-Barde, also der gehört meiner Meinung nach wirklich eingesperrt. Auf einmal reißt es ihn. Ein Gedanke schießt ihm durch den Kopf, jagt ihm einen Schüttelfrost über den Buckel hinunter. Weil *ihm* hat man vielleicht bezüglich Diebesgut nichts nachweisen können, aber was ist, wenn die Platte woanders gefunden wird? Das könnte ungute Auswirkungen auf eine gewisse Tiroler Moderatorin haben!

Unauffällig wie ein ganz normaler Zugpassagier – der natürlich ein Mann von seinem Status und seiner Statur in Wirklichkeit niemals sein kann – schlendert der Austrofred den Gang entlang, bis zu jener Tür, hinter die er sich letzte Nacht in willige Arme geflüchtet hat. Die Erinnerung zaubert ihm ein fast unmerkliches Lächeln auf die Lippen. Doch so schnell es gekommen ist, verschwindet es auch wieder – zum Lächeln ist die Situation zu ernst. Leise scharrt der schlaue Musiker am Mahagonifurnier. Keine Antwort. Er späht den Gang entlang, zwecks potenzieller Zeugen, checkt mit einem kühlen Schulterblick auch noch die Lage hinter sich, dann drückt er blitzschnell die Klinke und schiebt sich lautlos ins Abteil, wo sich die TV-Beauty gerade in Schale geworfen hat. Unten ein Minirock, rot, sehr knapp, oben so ein leichtes Weiß-ich-nicht-wie-das-heißt. Appetitlich. „Scharf schaust du aus, du Luder", sagt der zielstrebige Musiker, der neben der Aufgabe, die ORF-Lady vor der Cobra zu warnen, auch noch etwas anderes im Sinn hat.

(Ich hoffe übrigens, es haben alle gecheckt, dass *Cobra* nicht nur der Name von einem Polizei-Sonderkommando ist, sondern auch eine Schlangenart, was die Leser unterbewusst an die Schlange im biblischen Paradies erinnern soll, die den Adam und die Eva zur Ursünde verleitet hat. Durch diesen literarischen beziehungsweise psychologischen Trick haben die Leute gleich die richtigen Bilder im Kopf und ich brauche nicht mehr explizit herschreiben, worum es geht – Verführung! –, was meinem eleganten Stil sehr entgegenkommt.)

Leider dürfte die letzte Bibelstunde von der Mirjam schon eine Zeit lang aus sein, oder sie hat ihre Brille nicht auf. Vielleicht hat sie einfach auch einen geschissenen Tag (wenig Schlaf!). Auf jeden Fall fängt sie nicht, wie erwartet, zum Schnurren an, wie der schlanke Musiker seine Hand auf ihre Büste legt, sondern sie reißt ihm eine. Aber nicht so patschhanderlmäßig, wie das Mädchen gerne machen, wo man sich nur denkt, süß, sondern die zieht wirklich voll durch! Mehrmals!

„Bist du narrisch geworden, ich bins doch, dein Fredi!"

„Hinaus mit dir", faucht die Mirjam, „sofort, oder ich schreie!"

„Jetzt sei nicht so eine Funsen ...", sagt der Austrofred, aber da rammt sie ihm schon ihren Stöckelschuh in den Rist, mit voller Kraft. Ein Leidensschrei, ähnlich dem vom Ian Gillan auf *Child in Time*, durchdringt gellend den Orient-Express. Kein Wunder: Ein in den Fuß gerammter Stöckelschuh ist der größtmögliche Schmerz, den ein Mensch überhaupt empfinden kann. Ex aequo höchstens mit den Gebärschmerzen beim Kinderkriegen, täte ich sagen.

So schnell es geht, hatscht der Austrofred aus der Gefahrenzone. Was hat er der Mirjam denn getan?! Beziehungsweise weiß er eh, was er ihr getan hat, aber in der Nacht hat ihr das ja noch bestens gefallen! Egal, er will sie nicht noch mehr reizen. Nicht dass sie etwas an die Presse gibt. Weil wenn einer Erfolg hat, dann gibt es viele, die einem das nicht gönnen. Wenn da auf einmal wer kommt und sagt, der Austrofred hat mich sexuell angeschaut, dann ist das für die ein gefundenes Fressen. Und wie soll man sich gegen solche Anschuldigungen wehren? Es ist schwer, dass man das Gegenteil beweist. Da steht dann Aussage gegen Aussage. Und auch wenn man es beweisen kann – irgendwas bleibt immer hängen. Wer liest denn schon in der Zeitung die winzige Gegendarstellung? Kein Schwanz.

*

Übrigens: Nicht dass wer glaubt, ich hätte etwas gegen Stöckelschuhe. Weil solche Leute gibt es ja auch, die sagen, sie finden das nicht schön, weil das ist nicht gesund für den Fuß. Das ist aber ein Blödsinn, weil Ästhetik und Gesundheit sind zwei vollkommen unterschiedliche Sachen, das darf man nicht vermischen. Bei meiner *Fire, Light & Austrofred*-Show habe ich auch ein paar Pyro-Effekte dabeigehabt, die ein minimales bisschen Asbest freigesetzt haben, aber keiner kann sagen, dass sie deswegen nicht extrem lässig waren. Oder nehmen wir das Beispiel Atomkraftwerke: Ich bin genauso gegen die Atomkraft wie jeder andere auch, vielleicht sogar noch dagegener, aber rein optisch finde ich Atomkraftwerke einfach geil. Ich liebe Atomkraftwerke! Für mich sind Atomkraftwerke die Kathedralen des zwanzigsten Jahrhunderts! Und genauso kann – trotz aller Meckereien vonseiten der Gesundheitsapostel, dass man damit nur die Hüftgelenksindustrie fördert – keiner behaupten, dass ein Stöckelschuh nicht schön ist. Nicht unbedingt der Schuh selber natürlich, aber was er mit dem Körper macht, wie er ihn formt, wie er die Muskeln präsentiert: die Wadeln, die Schenkel, die Backen! Die Spannung in der Hüfte! Die Beckenstellung! Das gesamte Ensemble! Also, ich muss ehrlich sagen, in diesem Punkt bin ich durchaus ein Genießer.

LESER-BEFRAGUNG II

Während der Orient-Express bereits Budapest hinter sich lässt und ein uns wohlbekannter Sänger seine durchbohrten Gebeine notdürftig mit einem zerrissenen und zu einer Binde umfunktionierten Leiberl (Samstag) umwickelt, darf ich euch, liebe Leserinnen und Leser, noch einmal ein paar Verständnisfragen stellen. Weil es hat sich viel getan seit dem letzten Fragebogen, was für den einen oder anderen vielleicht ein bisschen zu kompliziert sein könnte, da kann so eine Stoffwiederholung nicht schaden. Ich arbeite ja für ein dementsprechendes Publikum.

1. Hat sich der Austrofred deiner Meinung nach im bisherigen Verlauf des Romans gewandelt? Würdest du sagen, er ist innerlich gewachsen?
2. Nenne zwei Eigenschaftswörter, mit denen du den respektvollen und sympathischen Umgang Austrofreds mit seinen Fans bezeichnen würdest.
3. Gibt es Situationen und Zustände, die einen Diebstahl rechtfertigen oder zumindest entschuldigen? Die Psychologie ist davon überzeugt, und zwar auf eine fundierte wissenschaftliche Weise. Was ist deine Meinung?
4. Hältst du Menschenwürde für ein schützenswertes Gut?
5. Welches Bild zeichnet der Autor von der Moderatorin Mirjam Weichselbraun? Wie weit deckt es sich mit dem Bild, das du dir durch ihre TV-Auftritte von ihr gemacht hast? Wo unterscheidet es sich?
6. Wünschst du dir im letzten Teil des Buches mehr Action, vielleicht sogar eine Verfolgungsjagd? (Diese Frage stammt nicht von mir selbst, sondern von meinem Verlag, ihr dürft also ganz ehrlich antworten.)

DRITTER TEIL

1

Was dem Austrofred am neuen Wiener Hauptbahnhof als Erstes auffällt, ist das viele Glas. Das wirkt zeitgemäß, modern, sorgt für eine lichtdurchflutete Aura. Anerkennend klopft der prominente Heimkehrer den Österreichischen Bundesbahnen virtuell auf die schwer subventionierte Schulter. Andererseits: Wer soll alle diese Fenster jemals putzen? Und was hilft einem der modernste Bahnhof, wenn man, wie seit eh und je an einem Freitagnachmittag, nirgends durchkommt, weil die Studenten aus den Bundesländern alles vollstopfen mit ihren riesigen Schmutzwäschetaschen? Außerdem fäult es überall nach den uniformierten Polter-Gruppen, die jedes Wochenende über die Bundeshauptstadt herfallen. Aber dem wiedergefundenen Sohn macht das heute alles nichts aus. Er ist endlich wieder daheim! Auf der Rolltreppe stehend beißt sich der Mann, den sie überall nur den Champion nennen, auf die Unterlippe. Wenn er jetzt nicht aufpasst, dann fängt er gleich an zum Rehren, so weich ist er innerlich.

Dann passiert etwas Eigenartiges: Durch den Feuchtigkeitsschleier vor seinen Augen dringen auf einmal zwei stechend-blaue verhärtigte Augen – die Mirjam! Instinktiv tut dem Austrofred gleich wieder der Fuß weh, sein Körper schüttet hektisch Fluchthormone aus. Aber wie er sich umdreht und wegrennt, jetzt steht nach hundert Metern auf einmal wieder die Mirjam vor ihm!

Wie gibt es das? Wie kann sie schneller gewesen sein als er? Ist sie auf einem Besen geflogen? Und irritierenderweise ist sie auf einmal auch wieder so nett und so sexy, wie er sie kennengelernt hat! „Servus Fredi", sagt sie ganz zutraulich. Und jetzt schießt es ihm endlich: Er hat ganz vergessen gehabt, dass die Mirjam ja eine Zwillingsschwester hat!

„Fredi, ich hab etwas für dich", sagt die echte Mirjam jetzt leise zu ihm und drückt ihm ein Sackerl in die Hand, circa so groß wie eine Langspielplatte. „Ich hab gleich gewusst, dass das kein Geschenk für mich war, sondern dass du die gefladert hast. Ich habe euch nämlich im Speisewagen ein bisschen belauscht. Aber weißt du was? Ich finde Verbrecher sexy!" Und mit diesen Worten schiebt sie ihm ihre Zunge in den Mund. (Ich glaube, das darf ich schreiben. Weil was die dezidierteren Sachen angeht, habe ich der Mirjam ja versprochen, dass ich darüber schweige, und diesbezüglich bleibt mein Mund auch verschlossen, wie zubetoniert. Aber ich glaube, ein bisschen Schmusen, da kann keiner was dagegen sagen, weil das ist ja doch etwas Schönes.)

Übrigens: Recht viel größer als 1,50 ist die Mirjam wirklich nicht. Maximal 1,55.

2

Das Handy vibriert. Einmal. Zweimal. Ein drittes Mal. Davon lässt sich sein souveräner Besitzer aber nicht stressen. Ihm geht es gut, er ist entspannt, ausgeglichen, ganz bei sich selbst. Nach dem übertriebenen Luxus im noblen Orient-Express fühlt sich dieser im Herzen so einfache Mensch richtig wohl im *Regionalexpress Genussland Österreich* nach Bad Schallerbach.

Zufrieden tupft er sich mit einer Serviette den Mund ab, wischt sich die Schnitzelsemmerl-Brösel von der Hose und atmet ganz tief ein: Voralpenluft! Gerne würde er sich jetzt eine anheizen, aber leider haben sie im Zug ein Rauchverbot. Außerdem ist er ja sowieso Nichtraucher. Offiziell zumindest, wegen der Vorbildwirkung. Naja, ist eh nicht gesund.

Professionell nimmt der Austro-Beau sein Telefon zur Hand: *1 Anruf in Abwesenheit.* Eine ihm unbekannte Nummer. Vielleicht wer vom Gesundheitsministerium, wegen dem Konzert morgen. Er ruft zurück. Dreimal hört er es piepsen, dann meldet sich eine Stimme: „Raiffeisenbank Region Eferding, Magister Mitter Klaus – wie kann ich Ihnen helfen?“ Und schon wieder schießen dem Sänger fast die Tränen heraus vor Emotion. (Keine Ahnung, woher das kommt, vielleicht waren die am Bahnhof gekauften Zipfer-Dosen mit Östrogenen gestreckt.) Der Mitter Klaus, sein *Personal Assistant*, seine rechte Hand![28] So lange hat er die eher penetrante – und doch so vertraute – Stimme nicht gehört!

„Servus Klaus, du wirst lachen, aber das freut mich jetzt direkt, dass ich dich höre.“

„Fred, dass ich dich einmal erwische, das ist ja fast ein Weltwunder! Ich habe mir schon gedacht, der Fred in seinem Istanbul, der ruft nicht an, der hebt nicht ab – was ist los mit dem?“

Zugegeben, obwohl der Austrofred immer ein sehr guter Chef war, hat er, seit ihm sein Lebenswerk weggenommen worden ist, keinen Kontakt mehr zu seinen Mitarbeitern gehabt. So sehr hat er sich geniert. Für diese jungen, talentierten Männer war er eine

28 Wobei ich mich frage, ob *rechte Hand* wirklich eine passende Bezeichnung für jemanden ist, der selbst zwei linke Hände hat.

Vaterfigur, und er hat sie im Stich gelassen. So hat er das empfunden. Klar, als Erfolgsmensch tut er sich schwer mit Niederlagen, weil das ist er nicht gewohnt. Das Wort Misserfolg hat er in seiner DNA nicht drin. In seinem halben Jahr in Istanbul hat er aber Zeit gehabt, dass er ein bisschen in sich geht, und dabei ist er draufgekommen, dass er sich nicht dafür schämen muss, dass ihn die Kritiker und die Banken gelinkt haben. So etwas kann einem jeden passieren.

„Sag einmal, Klaus, seit wann bist du denn ein Magister? Du hast doch nur eine Schneiderlehre und ein paar Jahre an der Knödelakademie[29] gehabt, wie ich dich damals in mein Team geholt habe?"

„Stimmt, aber ich hab den Titel nachgemacht."

„In einem halben Jahr? Neben der Arbeit?"

„Naja, wenn man in Oberösterreich bei der Raiffeisenkassa arbeitet, dann geht das schneller. Das ist eine Blockveranstaltung: zwei Wochenenden, und am Schluss kriegst du eine Brille mit farbigen Bügeln verliehen und deine Magister-Nadel."

„Gratuliere!"

„Ja, das bringts schon. Und ehrlich gesagt, das solidere Leben tut mir gut. Die Akne ist komplett weg. Ich habe jetzt sogar eine Freundin."

„Geh, dass du dir noch eine findest! Aber Klaus, weißt du, wo ich gerade bin? Ich sitze im Zug nach Bad Schallerbach! Morgen habe ich einen Gig beim Gesundheitsminister, und wenn alles hinhaut, dann können wir ein Trumm-Comeback starten."

„*Du* kannst ein Trumm-Comeback starten, Fred, *du*! Für mich ist das nichts mehr, die ewigen Wurstplatten backstage, und

29 Höhere Bundeslehranstalt für Frauenberufe.

immer nur saufen. Meine Freundin und ich, wir essen jetzt nur noch bio."

„Nein!"

„Außerdem findest du dir eh schnell einen neuen Assi. Einen fähigen Praktikanten von der Fachhochschule, dem brauchst du nicht einmal etwas zahlen."

„Aber Klaus, hast du denn überhaupt keine Sehnsucht nach der aufregenden Bühnenluft? Beziehungsweise, in deinem Fall, nach der abgestandenen Backstageluft – die aber auch durchaus eine aufregende sein kann."

„Nicht wirklich."

„Nach dem Austrofred-Flair?"

„Das Austrofred-Flair, das hab ich jeden Tag, wenn ich in der Früh ins Auto steige. Weil mein kompletter Carport ist vollgerammelt mit den Pappendeckel-Freds von der gecancelten Tour. Deswegen rufe ich eigentlich auch an: Was tun wir mit denen?"

„Ah, die sind bei dir? Hat sich die gar nicht die Kassa unter den Nagel gerissen?"

„Die haben auch nicht gewusst, was tun damit."

„Sie hätten sie ja beim Weltspartag als Prämie hergeben können. Mit so einem lebensgroßen Austrofred hat doch ein jeder eine Freude."

„Ein Abhauser und Bankrotteur als Werbeträger für eine Bank? Ich weiß nicht recht. Mein Plan wäre gewesen, dass ich sie beim *Licht ins Dunkel* versteigern lasse, aber die haben sie auch nicht genommen und jetzt walzen sie bei mir im Carport herum. Das ist genug Austrofred-Flair für meinen Geschmack."

„Heb sie trotzdem noch ein bisschen auf, die Pappendeckel. Bei unserer Comeback-Tour können wir die gut brauchen."

„Bei *deiner* Comeback-Tour."

„Dein letztes Wort? Sonst schau doch einfach morgen nach Schallerbach, vielleicht holst du dir ja einen Gusto."

„Morgen kann ich nicht, da bin ich mit meiner Freundin beim Pilates."

„Alles klar, wir brauchen nicht mehr weiterreden, ich kenn mich schon aus. Du bist jetzt unter die Tofufresser gegangen. Aber das passt schon, wahrscheinlich stehen dir die Birkenstock-Schlapfen eh besser als deine alten Rocker-Stiefeletten."

„Ist schon recht, Fred. Du kannst mich nicht mehr sekkieren."

„Schade."

„Wart, eine Frage hätt ich noch."

„Ja?"

„Darf ich dir noch ein Brieflos anbieten?"

„Was?"

„Das muss ich fragen, steht im Firmen-Leitfaden: Bei jedem Kundenkontakt zum Abschluss noch ein Brieflos anbieten."

„Ach so. Ja, wieso nicht, reiß mir eins auf."

Man hört das Schnaufen vom Klaus und ein bisschen ein Rascheln am anderen Ende der Leitung.

„Leider nein."

3

Wellness-Feinspitze aus der ganzen Welt schätzen das Schwefelthermalwasser der idyllischen Kurgemeinde Bad Schallerbach vor allem wegen seiner positiven Wirkung auf den Gelenks- und Bewegungsapparat. Auch bei Rheumabeschwerden und Hautproblemen verspricht es Linderung. Freilich, so agil, wie der Rock-Derwisch Austrofred mit seinen 43 Jahren über die

Bühne wirbelt, kann da von Gicht keine Rede sein. Bei ihm passt alles, er ist voll fit, danke der Nachfrage. Da können noch so viele übereifrige Doktoren warnen, dass er seinen Fleischkonsum ein wenig einschränken sollte. Der athletische Künstler hat genug Erfahrung und Menschenkenntnis, dass er weiß: Hier wird nur Angst- und Geschäftemacherei betrieben. Trotzdem relaxt auch er von Zeit zu Zeit ganz gerne in einer modernen Thermenlandschaft. Dabei tankt er Ruhe, lädt seine Batterien auf.

Viele glauben ja, der Austrofred, der hat so viel Power, den kann nichts umhauen, weil das ist eine steirische Eiche, was zwar rein sprachwissenschaftlich ein Schmarrn ist, weil der Begriff *steirische Eiche* bezieht sich ja auf die Steiermark und nicht auf den Bezirk Steyr-Land, aber rein inhaltlich kommt das ganz gut hin, weil er ist ja wirklich ein äußerst stabiler Typ, psychisch. Freilich: Auch er kennt Momente, wo er im Bett liegt und nicht einschlafen kann, weil es tief in seinem Inneren rumort. Oft aus einer Art künstlerischem Selbstzweifel(!) heraus, weil ihm etwas nicht so gelingt, wie er sich das vorstellt, manchmal auch wegen einer finanziellen oder hormonellen Notlage. So etwas zehrt an einem sensiblen Menschen, das kostet mentale Energie.

In solchen Phasen der inneren Unruhe hat er seine ganz eigene Meditationstechnik. Er legt sich ins Bett, umarmt sich selbst, wiegt sich sanft hin und her und singt dabei ganz leise, sodass nur er selber es hören kann: „Aus-tro-fre-ed, Aus-tro-fre-ed". Genau wie die Fans das bei seinen Konzerten oft machen, wenn Sie nach einer Zugabe verlangen. So fühlt er sich gebraucht. Nach einer gewissen Zeit wird er innerlich wieder ganz ruhig und schläft die Nacht wunderbar durch.

4

Wie der Austrofred jetzt in der Früh am Fenster von seinem Hotelzimmer steht – dessen Kosten übrigens zur Gänze das Gesundheitsministerium übernimmt, weswegen sich zu diesem Zeitpunkt auch nur mehr Jugendgetränke in der Minibar finden – ist er so voller Energie, gut ausgeschlafen und erholt von den Strapazen seiner langen Reise, dass er sich überlegt, dass heute eigentlich ein idealer Tag zum Zuschlagen wäre. Die feiste Visage des Sigi Neidhart taucht vor seinem *inneren Auge* auf. Ja, heute wird er zuschlagen. Fest zuschlagen. Voller Vorfreude reibt sich der gewiefte Liedschreiber die Hände: Heute ist die Mistsau dran.

Nachdem er mit ein paar professionellen Telefonaten alles Notwendige für den abendlichen Auftritt geklärt hat, macht er sich mit seiner hautengen Badehose und einem im Hotel „geliehenen“ Handtuch auf ins Aquapulco, das Schallerbacher Event- und Erlebnisbad im beliebten *Fluch der Karibik*-Stil, wo er seinen Peiniger vermutet. Zwecks Tarnung mischt sich der stattliche Künstler unter die Masse der gut gelaunten Badenden, rutscht etliche sogenannte Piratenrutschen hinunter – wobei er übrigens mehrere(!) Tagesrekorde aufstellt – und johlt bei abschüssigen Passagen sogar laut auf. Aber das ist alles Fassade. Hinter den scheinbar strahlenden Augen scannt der kleine Computer im Hirn des Sängers das weißgewandete Personal auf mögliche Ähnlichkeiten zum Gesuchten. Ob seiner krummen Haltung (Rückgrat!) sollte der feige Salzburger eigentlich leicht zu erkennen sein.

Und wirklich, wie der *An Macho hoit nix auf*-Interpret gerade um eine Portion Pommes ansteht, erblickt er nur wenige Meter entfernt den verhassten Theoretiker. Kurz atmet er durch, unterdrückt einen aggressiven Schub. Dann bestellt er ganz cool das köstliche Kartoffelgericht, lässt die 2 Euro 50 dafür von seinem Magnetarmbandl abbuchen, nimmt das heiße Stanitzel entgegen und begibt sich lockeren Schrittes in den Dunstkreis des Bösen.

„Ja, wen haben wir denn da“, sagt er, während er sich genüsslich ein Pommes frites in den Mund schiebt, „der Monsieur Neidhart!“

„Öha“, entfährt es dem baffen Kritiker im Salzburger Idiom, „der Herr Austrofred, ja was treibt denn der bei uns in Schallerbach?“

„Geschäfte, weißt eh. Ich hab da ein paar überfällige Rechnungen zum Begleichen.“

„Das freut mich zu hören. Weil nach dem, was man so liest, hätte ich gedacht, Sie haben gar kein Geld mehr zum Rechnungen Begleichen.“ So eine gefeanzte Sau! Wenigstens siezt er ihn.

„Für die Rechnungen, die ich begleichen will, brauche ich kein Geld“, sagt der Austrofred, „im Gegenteil: Für diese Rechnungen reicht es, wenn mir nur kurz einmal meine nervöse Hand auskommt.“

Und während er das sagt, hat er dem Unmenschen auch schon einen Stesser gegeben. Schneller als er mäh sagen kann, liegt selbiger pudelnass im Seniorenbecken und spuckt Wasser!

„Sind Sie wahnsinnig geworden, was habe ich Ihnen denn getan?“

„Was du getan hast? Das weißt du ganz genau, du Dolm! Deppert geschrieben hast du über mich! In der *Kronen-Zeitung*, in den *Lungauer Nachrichten*, auf *salzburg.kultur.gv* und was weiß ich noch wo!“

„Aber doch nicht ich! Sie meinen meinen Zwillingsbruder, den Sigi!“

*

Ich gebe zu, das ist jetzt sogar mir als Autor zu hoch. Was ist denn das immer mit diesen geschissenen Zwillingen?! Ist das ein geschissener Zufall, oder soll das jetzt in diesem Buch ein geschissener Running Gag werden? Ich weiß es selber nicht. Ich weiß nur, dass mir das am Arsch geht. Freilich: Beim Neidhart hätte ich mir das fast ausrechnen können, dass der einen Zwillingsbruder hat, weil wie es beim großen Georg Danzer in dessen frühem Meisterwerk *Hupf in Gatsch* ganz richtig heißt, *kann* einer allein ja gar nicht so deppert sein.

*

„Halt", schreit jetzt aber der Austrofred, dessen scharfem, analytischem Auge etwas spanisch vorkommt, „verarsch mich nicht! Da steht doch *Didi* auf deinem Namensschild!"

„Wo steht da *Didi*? *Sigi* steht da!"

„Eben, das meine ich ja. Sigi. Und jetzt erklär mir einmal, du Lügenschübel, wie du Sigi heißen kannst, wenn dein Bruder schon so heißt? Ich glaube fast, du schwanerst mich ein wenig an."

„Was ist da so schwer zum Verstehen? Ich heiße Siegmar und er heißt Siegfried, ganz normal."

„Aber das ist doch fast dasselbe."

„Das ist überhaupt nicht fast dasselbe!", beschwert er sich, während er aus dem Seniorenbecken kräult.

„Na gut", lenke ich ein, weil ich erkenne einen wunden Punkt, wenn ich einen sehe, „dann ist das halt nicht dasselbe. Aber es ist schon sehr ähnlich, das musst du zugeben. Mich wundert es, dass man Geschwister überhaupt so ähnlich taufen darf.[30] Ist ja auch unpraktisch, weil da macht sicher immer der eine die Post vom anderen auf. Also, ich finde das hirnrissig."

„Aha, hirnrissig finden Sie das also, dass unsere Mutter uns so getauft hat?"

„Was heißt hirnrissig? Gestört finde ich das!"

„Herr Austrofred, ich schätze Sie als Künstler sehr, aber das verbitte ich mir." Und damit pretscht er ihm mit vollem Karacho auf den eh schon lädierten Fuß.

Während dem Schreien überlegt der Austrofred, ob er den Neidhartbruder jetzt noch einmal ins Seniorenbecken treten soll, aber im Endeffekt versteht er ihn ja: Es ist wirklich kein schöner Zug, wenn man einen Unschuldigen so überhaps ins Wasser schmeißt, nur weil man mit seinem Bruder ein bisschen eine Differenz hat. (Wobei ihm natürlich in jedem Moment bewusst war, dass der falsche Neidhart als Badewaschl sehr gut schwimmen kann. Der Austrofred ist selber kein überragender Schwimmer und weiß, dass so etwas sonst lebensgefährlich ist. Ehrlich.) Und dass er seine Mutter beleidigt hat, das war wirklich unverzeihlich, weil so etwas täte er auch nicht wollen. Es ist ihm einfach herausgerutscht. Das war ein Fehler und das hat er ihm auch gesagt, weil diese Größe hat der Austrofred schon. Wenn er einen Fehler macht – was selten vorkommt –, dann kann er den auch zugeben.

Der Austrofred ist nämlich ein sehr selbstkritischer Mensch. Vielleicht sogar ein bisschen *zu* selbstkritisch. Teilweise geht das so weit, dass er, wenn wer sagt, seine heutige Show war wieder so genial, das oft gar nicht aushalten kann, weil er selbst so niedergeschlagen ist, dass er bei *Sehnsucht nach Florenz* einen Ton nicht ganz sauber getroffen hat. Das hört kein Mensch, aber ihn selber stört

30 Man darf. Der frühere rumänische Diktator Nicolae Ceaușescu hat sogar einen Bruder gehabt, der überhaupt gleich ganz denselben Vornamen gehabt hat wie er.

es. Manchmal gefällt ihm auch seine Figur nicht. Ein Wahnsinn eigentlich – jede Nacht träumen wahrscheinlich hundert Frauen von diesem Körper, und er selbst wäre nicht zufrieden damit! Aber so ist er halt: ein Perfektionist.

„Nix für ungut", entschuldigt er sich also trotz wehem Fuß, „weißt du was, als Wiedergutmachung zahl ich dir ein Bier. Beziehungsweise, wenn du mir sagst, wo ich deinen rufmörderischen Bruder finde, den Arsch, dann mach ich ein Sechser-Tragerl draus. Ach was, eine ganze Kiste!"

Der Neidhartbruder sagt es ihm aber nicht. Wahnsinn, dass der da so stark bleibt, denkt sich der Sänger anerkennend. Er selbst könnte das nicht.

5

Zurück im Hotel breitet der Austrofred die riesige Schallerbach-Karte (Maßstab 1:100) auf den Tisch. Wo soll er jetzt weitersuchen? Das *Aquapulco* kann er abhaken, dort arbeitet er nicht, der fiese Kritiker. Soll er als nächstes die Saunawelt *Relaxium*[31] observieren? Oder die moderne Cabrio-Therme *Tropicana* mit ihrem verschiebbaren Sonnendach? Er entscheidet sich für Letztere, weil „Tropicana" – das klingt, als wären viele Frauen dort, und das kann nur ein Vorteil sein: Erstens erfährt man mehr von ihnen, weil sie einfach mehr „kommunizieren" als Männer, nämlich circa

31 Ein Tipp: Der Freiluft- beziehungsweise Freikörper-Bereich vom Relaxium ist zwar von außen nicht einsehbar, weil da haben sie einen Zaun aufgestellt, allerdings gibt es, habe ich mir von einheimischen Informanten stecken lassen, am nahe gelegenen Schallerbacherberg eine Stelle, von wo aus man mit dem Gucker ganz gut hineinsieht. (Diese Info hat mich zwei Matchbox-Autos gekostet. Hat sich aber voll ausgezahlt.)

zehnmal so viel, das ist wissenschaftlich erwiesen, und zweitens möchte er sich in Zukunft sowieso ein bisschen mehr mit seinem Frauenpublikum beschäftigen. Beruflich natürlich – nicht, was ihr schon wieder glaubts!

Erst gestern Nacht hat er sich am Schallerbacher Bahnhof die Plakate der großen Show-Veranstaltungen in der Welser Rotax-Halle und der Linzer Tips-Arena durchgelesen. *Apassionata*, die beliebte Pferdeshow, war angekündigt, eine Handvoll Musicals, ein neues Stück vom Cirque du Soleil und ein Event mit dem Titel *Heiße Zeiten.* Untertitel: *Die Revue für Frauen in den Wechseljahren.* Dieser Untertitel, ist es ihm auf einmal wie quasi Schuppen von seinen hübschen braunen Augen gefallen, könnte eigentlich für eine jede von diesen Shows stehen. Im Gegensatz zur Türkei, wo die Frauen vom Kulturleben fast ausgeschlossen sind, stellen sie in Mitteleuropa offensichtlich *den* Zukunftsfaktor schlechthin dar, speziell die schon leicht angereiften. Da kommt keiner dran vorbei. Eine Revue für Frauen in den Wechseljahren … Wenn er wirklich wieder an die Spitze des österreichischen Showgeschäfts zurückkehren will, schlussfolgert der schlaue Sänger am Weg zur Cabrio-Therme, dann muss das auch auf seine nächste Produktion zutreffen. Er muss lernen, die Frauen (noch) besser zu verstehen.

*

Übrigens, weil ich gerade den Cirque du Soleil erwähnt habe: Für diese herrlichen Akrobaten habe ich vor Jahren einmal eine Show geschrieben, die dann aber leider nie umgesetzt worden ist, obwohl ich die Zusammenarbeit mit diesen Leuten als äußerst angenehm und unkompliziert in Erinnerung habe. Ihre einzige Vorgabe war, dass viele Stelzengeher vorkommen, weil das können sie besonders gut. Ich habe dann ein Stück mit dem Titel *El Pivo* konzipiert, wo es thematisch in erster Linie um Bier gegangen wäre – aber niveauvoll, versteht sich, akrobatisch. Es hätte auf einem Hopfenfeld gespielt und die Akrobaten hätten alle Hopfenstangen dargestellt. Das hat ihnen beim Cirque aber nicht so zugesagt. Alternativ habe ich ihnen ein Konzept mit dem Titel *Soletti* vorgeschlagen, da hätten sie Salzstangerl gespielt. *Soletti* ist auch ein super Name für so ein Stückl, weil da steckt *Sol* drin, das ist italienisch für Sonne, das passt immer. Plus *Etti*. Und über Salzstangerl (überhaupt Salzgebäck!) habe ich eh noch nie etwas gemacht. Ein nicht ganz unwichtiger Faktor, weil ein Künstler muss sein Publikum ja immer mit frischen Thematiken überraschen. Er muss unberechenbar bleiben. Sobald die Kritiker anfangen, dass sie ihre Rezensionen schon vor der Show schreiben, hat er verloren. Die Leute müssen sagen, lecko mio, der Austrofred, das hätte ich mir jetzt nicht erwartet von ihm!

*

Heute weiß der Austrofred, warum aus diesen Shows nie etwas geworden ist: Salzstangerl und Bier, das sind Männerthemen! Damit holt man keine Frau hinter ihrem Herd hervor, so etwas interessiert sie nicht. Die gehen lieber wellnessen, weil da sind sie unter sich. „Heute unternehmen wir etwas, nur wir Weiberten, heute gehen wir leischen!“ – diesen stolzen Satz hört der Austrofred nicht selten, während er die Damenwelt in der Cabrio-Therme beobachtet. Keinen größeren Genuss scheint es für diese Frauen zu geben als die Abwesenheit ihrer Ehegatten. Weil, so vernimmt der aufmerksame Sänger, es gibt so viele Dinge, die ein Mann nicht versteht. Ein Mann versteht nicht, dass ein Efeu auf einem HD-Fernseher etwas

Schönes ist, auch wenn er vielleicht ein bisschen ins Bild hängt. Er versteht nicht, dass man einen Tetrapak-Wein durchaus in ein Glasl herausleeren kann. Und er versteht auch nicht, dass es kein Zeichen von Schwäche ist, wenn man von seinen Gefühlen überwältigt wird: „Ein Mann, der weint, das wäre für mich das größte Geschenk!"

So etwas hört der Austrofred nicht ungern – ist er selber doch für einen Mann untypisch nah am Wasser gebaut. Aber das lässt er sich nicht nehmen, das ist ein wichtiger Teil seiner sensiblen Persönlichkeit. Auch Tiere rühren ihn sehr stark, besonders kleine. Katzenbabys sind für ihn das Bewegendste überhaupt. Von dem her ist es kein Zufall, dass er auf vielen seiner Pressefotos mit Tieren posiert. So kann er seinem Publikum signalisieren, schauts her, ihr haltet mich für den harten Muskelrocker, aber ich habe auch eine gefühlvolle, eine spielerische Seite. Ein Foto mit Pferd wiederum signalisiert, dieser Mann liebt die Freiheit, er hat Sinn für ästhetische Abenteuer, er lebt sein Leben. Das kommt gut an. Auch wenn man nach dem Shooting natürlich aus dem Fluchen nicht mehr herauskommt, weil das ganze Outfit nach Pferd fäult.

Freilich: Auch er war oft grob und uncharmant in seinen Umgangsformen. Teilweise weil er es nicht anders gekannt hat, teilweise aus falsch verstandener Scham. Erst in der Türkei hat er sich zum Beispiel angewöhnt, dass er jemandem zur Begrüßung ein Bussl gibt. Dort machen das alle, auch die Männer untereinander. In Österreich hat ihn das vorher immer nur aufgeregt. Er hat einfach nicht verstanden, wieso sich die Leute die ganze Zeit abschlecken müssen. Er selbst gibt zur Begrüßung die Hand, das tut es doch auch. Busseln war für ihn einfach keine Begrüßung, sondern ein erotisches Vorspiel.

6

„Bist du nachher beim Zumba?"

„Nein, heute habe ich schon Line Dance, um zwölf, und am Nachmittag gehe ich zum Sigi."

Sofort stellen sich dem unauffällig lauschenden Mercury-Interpreten die männlich behaarten Ohren auf, wie er diesen Namen in der benachbarten Liegestuhl-Gruppe vernimmt.

„Was, zum Sigi?! Wie hast du denn da einen Termin gekriegt?!"

„Weißt eh, die weiblichen Reize", sagt die Angesprochene forsch und streckt illustratorisch ihr Bustier ein bisschen nach vorn, „den Sigi muss man immer ein bisschen motivieren. Er sagt ja selber, er massiert nicht wegen dem Geld, sondern aus Leidenschaft."

„Entschuldigung, die gnä Damen, dass ich mich da so unverhofft bei Ihnen einschalte", sagt jetzt der gewiefte Sänger – höflich, galant –, „aber dieser Sigi, von dem Sie da reden, was ist denn das für ein Typ, was macht der für Massagen?"

„Was der Sigi für Massagen macht?", antwortet die Forsche, „magische Massagen macht der! Magische! Anders kann ich es nicht beschreiben. Der Sigi hat einfach magische Hände!"

Was der Austrofred in den nächsten Minuten erfährt respektive erfahren muss, beziehungsweise was er sich mühsam zwischen den spitzen „Der Sigi ist genial!"- und „Der Sigi ist der Hammer!"-Schreien zusammenklauben kann, ist schlichtweg erschütternd. Allem Anschein nach betreibt nämlich der verhasste Kritiker, sein, sagen wir es, wie es ist: Feind, im nahe gelegenen Schmiding einen kleinen Massage-Salon. Schwarz natürlich. Allerdings massiert er dort nicht normal medizinisch, sondern mehr so tantramäßig, mit Federn und Duftölen, und alle nackt. Dieser Gigerl bietet also Erotik-Massagen an – deswegen ist er bei den Damen so beliebt!

„Ich sags Ihnen“, sagt eine der Frauen, „der Sigi ist einfach … geil!“

„Du sagst es“, pflichtet ihr die Freundin bei, „mir rennt es schon kalt hinunter, wenn er mich nur anschaut, da wird mir gleich so richtig wuuu.“ Bei *Wuuu* verdreht sie ekstatisch die Augen und beutelt ihre Schultern.

Charmant verabschiedet sich der groß gewachsene Sänger von seinen Informantinnen und haut sich schnellstens über die Häuser, weil solche Psalmen auf diesen Affen, das braucht er sich echt nicht anhorchen. Also, dass gebildete Frauen auf einen solchen Scharlatan hereinfallen! Auf einen solchen Triebmenschen! Sicher, der Austrofred war früher selber ein bisschen ein Hallodri, ein Windhund, dem keine widerstehen hat können, das gibt er gerne zu. Er hat es immer genossen, wenn er die Blicke der Ladys auf sich gezogen hat. Aber es ist halt ein Unterschied, ob einer eine natürliche Anziehungskraft hat oder ob er unter dem Deckmantel der Physiotherapie sexuelle Handlungen begeht.

Ein bisschen, das muss der Austrofred zugeben, ist er natürlich schon auch eifersüchtig, weil der Neidhart einen so unmittelbaren „Zugang“ zu seinem Damenpublikum gefunden hat, wie er ihn gerade noch sucht, beruflich. Während er selbst sich manchmal die jungen Mädchen in seinem Publikum anschaut und sich denkt, Fred, diese Bühnen derspielst du nimmer, wird dieser Depp von den bestsituierten Oberösterreicherinnen angehimmelt. In was für einer Welt leben wir eigentlich?!

Beim Hinausgehen hört der Viereinhalb-Oktaven-Shouter dann noch etwas Witziges:

„Weißt du, wen ich vorher gesehen habe?“, sagt eine Frau bei den Föns zu ihrer Freundin. „Diesen präpotenten Queen-Imitator, der uns einmal beim Wilheringer Stadlfest angebraten hat!“

„Der lästige Hund!“, sagt die andere, „gut, dass ich ihn nicht gesehen habe, den Matschkerer, weil da hätte ich einen Auszucker gekriegt. Der hat ja wirklich einen Huscher gehabt.“

Das bringt den Austrofred wieder zum Schmunzeln. Wie klein doch die Welt ist, sinniert er, während er die Cabrio-Therme hinter sich lässt: Ich selber bin auch ein Queen-Interpret, und beim Wilheringer Stadlfest habe ich auch schon einmal gespielt!

7

Mit dem Vogelpark Schmiding (Gemeinde Krenglbach) verbinde ich – wie wahrscheinlich die meisten Oberösterreicher meiner Generation – einige meiner schönsten Kindheitserinnerungen, auch wenn es dort zugegebenerweise außer ein paar Kanaris nicht viel zum Sehen gegeben hat. Aber ein Ausflug war es doch, und Pommes und ein Kracherl hat es auch immer gegeben. Heute ist aus dem Vogelpark ein richtiggehender Zoo geworden – wenn auch mit Vogelschwerpunkt –, den man weit über die Gemeindegrenzen hinaus kennt. Einmal hat es gebrannt im Vogelpark, da sind die Feuerwehren aus drei Bezirken ausgerückt!

Lange Zeit war ich sogar fix der Meinung, dass der Schmidinger Vogelpark den Joe Zawinul zu seinem Welthit *Birdland* inspiriert hat. Dann habe ich aber ein bisschen recherchiert und bin draufgekommen, dass der Zawinul die Nummer schon 1977 herausgebracht hat, das Schmidinger „Birdland“ aber erst 1982 aufgesperrt hat. Das geht sich nicht aus. Aber vielleicht hat ja umgekehrt die Zawinul-Nummer mit ihren piepsenden, gurrenden und tirilierenden Keyboardsounds den Schmidinger Fremdenverkehrsausschuss inspiriert, weiß man es?

*

Nicht weit von den Vögeln findet sich das unscheinbare Mehrparteienhaus, in dem der Teilzeit-Masseur Sigi Neidhart seine Kundinnen „behandelt". Wobei man nur nach telefonischer Voranmeldung massiert wird, oder, so heißt es, wenn man eine Figur hat, die den Unmenschen spontan zum Bearbeiten reizt. Ergo steht der Austrofred jetzt vor verschlossener Tür, werden die Leser schlussfolgern. Aber das zeigt nur, dass der schlaue Entertainer seinem (bzw. meinem) Publikum IQ-mäßig halt doch um ein paar Prozentpunkterl voraus ist. Weil natürlich steht er nicht in seinem normalen Outfit vor dem Haus – klar, da täte ihm der Falott ja gleich durch die Hintertür entfliehen, sofern er sich nicht überhaupt vor lauter Angst aus dem Fenster haut –, sondern er hat sich verkleidet. Schauts einmal genauer hin, hättet ihr ihn erkannt? Ja richtig, die attraktive Lady da, das ist in Wirklichkeit euer Fred! Und ganz ehrlich, zu einem solchen Termin *kann* der Kritisierer ja gar nicht Nein sagen: Eine dunkle Langhaar-Perücke, ein schwarzer Minirock aus Leder, Stöckelschuhe und ein rosafarbenes Top, in das er sich zwei Mal dreißig Deka Schweinskarree hineingestopft hat, zwecks Naturalismus. Das ist nicht nichts. Das Gesicht hat er sich hübsch mit Kajal und Lidschatten und ein bisschen einem Rouge bemalt, der markante Schnauzer ist mit Puder überdeckt. Fällt gar nicht auf.

Falls sich wer fragt, wo der Austrofred diese Aufmachung so gach her hat: aus seinem eigenen Koffer! Dieses scharfe Ensemble aus dem legendären Queen-Video *I want to break free* gehört zwar zu seinen am seltensten getragenen Freddie-Mercury-Outfits, aber auch zu den wirkungsvollsten. Nicht erst einmal hat er eine ganze Nacht lang kein einziges Bier selbst bezahlt, weil ihm dauernd irgendein Hansl etwas spendiert hat, in der Hoffnung, dass bei ihm vielleicht noch etwas geht. Und da ist ja auch gar nichts dabei. Auch der Peter Alexander hat gewisse Sketches gehabt, als Charleys Tante zum Beispiel, oder als Queen Elizabeth, und trotzdem war das ein ganzer Mann. Man muss halt rechtzeitig die Notbremse ziehen, wenn einmal einer zu aufdringlich wird. Aber nachdem der Austrofred unter der Verkleidung drunter selbst ein Mann ist, jetzt tut er sich ja leicht, dass er die Notbremse findet, anatomisch gesehen.

„Ohne Termin kann ich Sie leider nicht behandeln", schnarrt der Austrofredin eine unangenehme Stimme aus der Gegensprechanlage entgegen, „auf Wiederschauen." Aber damit gibt sie sich nicht zufrieden. Geschickt moduliert sie ihre preisgekrönte Stimme ein paar Oktaven hinauf, auf Sopran, und fragt verführerisch, ob sie denn nicht kurz in die Praxis kommen dürfe, zwecks Terminvereinbarung. Beziehungsweise zur Abkühlung, weil ihr ist so heiß. Sie darf. Im Stiegenhaus bleibt sie (er!) kurz vor einem großen aufgewellten Plakat stehen, auf dem ein mittelmeerartiger Sonnenuntergang abgebildet ist, mit Strand und Möwen, und darunter steht:

> *Ich aber sage euch, die ihr zuhört: Liebt eure Feinde, handelt gut an denen, die euch hassen, segnet, die euch verfluchen, betet für die, welche euch schmähen. Wer dich auf die Wange schlägt, dem biete auch die andere hin, und dem, der dir das Obergewand wegnimmt, verweigere auch dein Untergewand nicht.*
> (Lukas 6,27–29)

Nein, denkt sich die attraktive Frau, die in Wirklichkeit ein ebenso attraktiver Mann ist, bei aller Wertschätzung für die kulturellen und architektonischen Leistungen der katholischen Kirche und vom Jesus selber, aber das lasse ich mir nicht verzapfen. Ich habe meine Wange schon so oft hingehalten, mir reicht es jetzt. *Die Rache ist mein,*[32] sagt sich der Ex-Ministrant(in), beziehungsweise *Auge um Auge, Zahn um Zahn*[33] – weil das steht nämlich auch in der Bibel.

„Wie gesagt, ohne einen Termin kann ich Sie …“, will der in der Tür stehende Masseur seine Kundschaft schnell abfertigen. Schlechter Service, das war zu erwarten. Bei ihrem gut gebauten Anblick entfährt ihm dann allerdings ein anerkennendes „Oh, là, là!“, und er verbessert sich: „Ich glaube, ich werde etwas *einschieben* können!“

Gealtert ist er, seit der Austrofred ihn das letzte Mal gesehen hat. Die Tränensäcke unter den Augen sind noch voluminöser geworden, die verbissenen Falten an den Mundwinkeln tiefer, sein Bart ist der reinste Wildverbiss. Wahrscheinlich rasiert er sich mit der Gartenschere. Die ganze kleinwüchsige Figur steckt in einem verwaschenen Kimono, und obendrauf thront – der Gipfel der Lächerlichkeit! – sein Markenzeichen, der Strohhut. Einen kurzen Moment lang regt sich Mitleid im weichen Herzen des als Rockkünstlerin verkleideten Rockkünstlers, aber wirklich nur ganz kurz. Im Endeffekt behält sein Gerechtigkeitsempfinden doch die Oberhand.

„Das wäre ganz lieb, wenn sich ein spontaner Termin ausginge“, lächelt er/sie charmant, „ich bin ja sooo verspannt!“

32 5 Moses 32,35 bzw. Römer 12,19.
33 3 Moses 24,20.

Da zahlt sich die jahrzehntelange Bühnenerfahrung halt doch aus, weil einen solchen immensen inneren Widerstand, wie ihn der Austrofred gegen diese „Person" empfindet, so glaubhaft zu überspielen, da gehört schon eine gewisse schauspielerische Leistung dazu. Überhaupt flößt ihm alles, was er hier sieht, tiefen Widerwillen ein: die gelb verfärbten Tapeten, über die ein paar Plakate mit sinnlich-ästhetischen Motiven behelfsmäßig drübergepickt sind. Die überall herumstehenden Öle, Cremen und Straußenfedern, mit denen der Masseur seine Opfer malträtiert. Der Zimmerbrunnen, der für eine entspannte geistige Atmosphäre sorgen soll, im Zusammenspiel mit dem in der ganzen Wohnung präsenten Uringeruch aber eher ungute Assoziationen weckt.

„Hier gehts zum *genuss.raum*, wenn ich bitten darf", sagt der Neidhart und legt der Austrofredin vorgeblich galant die Hand auf die Hüfte. „Vielleicht erzählen Sie mir als Erstes einmal, was Sie bedrückt, weil dann kann ich mich bei der Massage noch mehr auf Ihre individuelle Besonderheit einlassen. Lassen Sie mich teilnehmen an Ihrer inneren Trauer."

Zorn regt sich in der gerechtigkeitsfanatischen Rockkünstlerin: So also kriegt dieser Hundling die Frauen herum! Indem er so tut, als täte er sich für ihre Probleme interessieren! Als täte er sie ernst nehmen! Aber gut, wenn das das Game ist und wenn das Game so rennt, dann spielt sie dieses Game eben genau so mit, wie man dieses Game spielt. Unter Schluchzen erzählt die Sängerin, wie eine gewisse Person sie verraten und gemobbt, ihren Ruf in den Dreck gezogen und ihr das Berufsleben verunmöglicht hat. Wie sehr sie darunter leidet. Sanft legt ihr der Masseur seine Hand auf den Oberschenkel und sagt, „lassen Sie Ihren Schmerz zu, schöne Frau. Sie müssen sich frei machen. Am besten, Sie ziehen gleich einmal Ihr Obergewand aus."

Au weh, schießt es dem/der SängerIn durch den Kopf, daran habe ich nicht gedacht, dass ich mich bei einer Massage ja ausziehen muss. Ein Denkfehler, zugegebenerweise, aber was willst du machen. Jetzt hilft nur noch die Flucht nach vorn. Er springt auf, reißt sich die Perücke vom Kopf, wischt sich den Puder vom Bart und schreit, „erkennst du mich denn nicht, du Blitzgneißer? Ich bins, der Austrofred!"

Binnen Sekunden verliert der erschrockene Kritiker seine ganze von Haus aus schon recht ungesunde Farbe. Sogar die poröse Nase wird käseweiß. Der Schock steht dem Unmenschen ins Gesicht geschrieben.

„Ja, aber Austrofred ...", stammelt er, „du bist doch in der Türkei ... Wie kommst du da zu mir? Und vor allem, wieso? Und warum als Frau?"

„Das kann ich dir gerne sagen, wieso ich da bin", sagt der Austrofred und baut sich mit seinen fast 1 Meter 90 vor ihm auf. „Weil du deppert über mich geschrieben hast, deswegen bin ich da! Heute ist Zahltag!"

Der erbärmliche Geruch von Angst liegt in der abgestandenen Luft. Während der Austrofred sich seinen BH richtet, damit er besser ausholen kann, löst sich ein unterdrücktes Stöhnen aus den verkrampften Eingeweiden des Theoretikers. Und was ist das da? Eine Träne in seinen Augen? Eine Sekunde lang ist der Sänger irritiert, fast regt sich ein bisschen Mitleid in seinem viel zu weichen Herzen. Und genau diesen schwachen Moment nutzt der Feigling, um dem Austrofred mit einer seiner ultraweichen Massagefedern brutal ins Gesicht zu fahren. Dann burrt er davon, wie von einer Wespe geheckt. Er rennt, so schnell er kann.

8

Jetzt kommt etwas, wo sich mein Verlag nicht entblödet hat, dass sie es auf der Rückseite von diesem Buch als seinen Höhepunkt ankündigen, nämlich die sogenannte *atemberaubende Verfolgungsjagd.* Meiner bescheidenen Meinung nach sind die eigentlichen Höhepunkte freilich die philosophischen Betrachtungen, die exotischen Beschreibungen und das erschütternd-wahrhaftige Sittenbild der österreichischen Musikkritik – weswegen ich diese Verfolgungsjagd in der Erstfassung auch noch relativ kurz gehalten habe. Aber beim Verlag haben sie gesagt, Fred, diese Verfolgungsjagd ist dir so gut gelungen, so spannend und dynamisch, wenn wir die noch ein Eitzerl hochjazzen und noch ein bisschen die Action herausstreichen, dann erreichen wir damit sogar das Playstation- und Games-Publikum und somit die großen Werbekunden. Das ist natürlich ein Argument, wo ich sage, gut, wieso nicht? Wenn es wirtschaftlich sinnvoll ist? Und im Endeffekt sind die *World of Warcraft*-Spieler ja auch nur Menschen. (Die meisten zumindest, manche sind auch Orcs, Pandaren oder Blutelfen.) Ich darf meinen Leserinnen und Lesern aber versichern, dass auch diese leicht nachbearbeitete Maxi-Version vollkommen dem Austrofred-Reinheitsgebot entspricht und im Prinzip genauso auf wahren Begebenheiten basiert wie das restliche Buch.

*

Nur wenige Millisekunden lang ist der Austrofred nach dem feigen Federangriff des Theoretikers außer Gefecht gesetzt, dann erfasst er die Situation umso geistesgegenwärtiger. Sofort nimmt er die Verfolgung auf, beziehungsweise gleich nachdem er sich seine Stöckelschuhe ausgezogen hat. Weil er geht sich zwar sehr leicht damit, ja, er hat sogar festgestellt, dass er ein richtiggehendes Naturtalent hat dafür, aber beim Rennen hemmen sie einen halt doch.

Von der Haustür aus sieht er gerade noch, wie der Neidhart in den Vogelpark hineinrennt, am Kassahäusl vorbei.

„He, das kostet 12 Euro 50!", schreit ihm der Billeteur nach.

„Ich habe einen Presseausweis!", schreit er zurück. Diese Journalisten glauben ja wirklich, sie kommen überall umsonst hinein. Zum Speiben.

„Und Sie, haben Sie vielleicht auch einen Presseausweis?", stellt sich der Kartenbändiger jetzt dem Austrofred in den Weg.

„Leider nein", sagt der und schert ihn über den Haufen. 12 Euro 50 wäre ihm aber sowieso zu viel für die paar Viecher.

Mit Vollgas pressen der Unmensch und sein Verfolger am Affenhaus vorbei, wo ihre „Verwandten" irritiert ihre Tätigkeiten unterbrechen. Läuse suchen und so. Einer von den Gorillas mustert entgeistert das Outfit vom Austrofred, wie wenn er sagen möchte, wie schaust du denn aus? Am liebsten täte der Sänger schreien, schau dich selber an, aber dafür fehlt ihm jetzt die Zeit. Ein Schimpanse macht sich vor Schreck in die Hand, groß, und schmeißt ihm die Bröckerl nach. Gottseidank hat er ein schlechtes Ziel. Der Austrofred nimmt das aber auch gar nicht persönlich, weil letzten Endes ist das halt doch ein Affe.

Ein bisschen Sorgen hat der Fred, dass sich die Giraffen zu stark aufregen, weil die haben eh schon von Haus aus so einen hohen Blutdruck. Den brauchen sie, hat er gelesen, weil durch den langen Hals ihr Blut so weit gepumpt werden muss. Vier Meter, vom Herz bis zum Kopf. Von dem her können sie auch nur im Stehen schlafen, weil wenn ein Löwe kommt oder ein Tiger, dann würde es sonst zu lange dauern, bis sie aufgestanden sind und flüchten können. Also, wer auch immer die Welt erschaffen hat, bei den Giraffen hat er den Hausverstand nicht ganz eingeschaltet gehabt. Wenn eine Giraffin gebärt, dann wirft sie ihr Baby aus zwei Metern Höhe ab! Na, da sage ich aber auch Dankschön, wenn ich ein Giraffenbaby bin und gleich einmal mit einer Gehirnerschütterung auf die Welt komme!

Mittlerweile hat der Austrofred aufgeholt: Nur wenige Meter trennen ihn noch vom Neidhart. Klar, einer, der mehrmals wöchentlich eine körperlich äußerst anspruchsvolle Show auf die Bühne bringt, der hat natürlich eine ganz andere Kondi als wie ein so ein Schreibtischtäter. Fast kann er schon seinen Kimono greifen. Da schlägt der windige Rezensent einen gachen Haken und verschwindet in ein flaches, mit Eternit heruntergetaferltes Gebäude, der Shouter hinterher.

Dann ein Schock: Statt dem kleinwüchsigen Salzburger steht ihm drinnen auf einmal ein Muskelmensch gegenüber, eine richtiggehende Kampfmaschine. Ein Türsteher? Der Bodyguard vom Sigi? Militär? Auf jeden Fall eine äußerst unerfreuliche Erscheinung. Mit einem entwaffnenden Lächeln signalisiert der harmonieliebende Künstler seinem Gegenüber, dass er in Frieden kommt. Der unförmige Prolet grunzt nur und verzieht das Gesicht.

Was dem Kultsänger besonders komisch einfährt, ist, dass das Outfit von dem anderen ebenfalls ein bisschen an das *I want to break free*-Video erinnert, aber halt mehr schäbig, ohne das Flair und die Grandezza. Der Freddie täte sich im Grab umdrehen. Halt, schießt es dem Austrofred durch den Kopf, womöglich ist das mein heruntergekommener Zwillingsbruder? Weil rein oberflächlich betrachtet gäbe es da schon Ähnlichkeiten, auch wenn sein Gegenüber einen deutlich dünneren Haarwuchs hat und viel mehr Falten. Andererseits: Er hat seit 43 Jahren keinen Zwillingsbruder, wieso soll er da, logisch überlegt, jetzt auf einmal einen haben? Anscheinend ist er selber schon ganz deppert vor lauter Zwillingen.

Nein, das Geheimnis muss ein anderes sein, sagt er sich, und er wird es lösen, streng wissenschaftlich. Wie der Heilige Thomas[34] streckt er seine Hand aus, um die Erscheinung anzugreifen. Ha! Was ist das? Statt auf die erwartete warme Muskelmasse greift er auf kühles Glas! Der Neidhart, begreift er, hat ihn in ein Spiegellabyrinth gelockt![35] Offensichtlich glaubt der Kunt, er kann den Austrofred an der Achillesferse von einem jeden Bühnenkünstler packen, nämlich an seiner Eitelkeit. Weil natürlich ist auch er ein bisschen eitel, das ist klar, das gehört zu seinem Beruf dazu. Wer etwas anderes behauptet, der lügt.

Aber ganz so einfach gestrickt, wie der Kritiker glaubt, ist der Austrofred nicht. Genau wie der berühmte Sagenheld Odysseus sich die Ohren zustopft, wenn er mit dem Schiff an ein paar schönen Frauen vorbeifährt, damit er quasi gegen ihre Lockrufe und Preisangebote immun ist, so zieht sich jetzt auch der Austrofred seinen BH aus und wickelt ihn sich um die Augen. Kurz den

34 Der Apostel Thomas hat kirchengeschichtlich eine ziemliche Arschkarte gezogen, meiner Meinung nach, indem er nicht einfach widerspruchslos geglaubt hat, dass der leibhaftige wiederauferstandene Jesus vor ihm steht, sondern er hat ihn angreifen und die Finger in seine Fleischwunde stecken wollen, wofür er von der Kritik dann als der *ungläubige Thomas* verunglimpft worden ist. Aber ich finde, gerade in unserer Zeit, wo die Leute alles glauben, was im Fernsehen verzapft wird, müsste der *nicht-leichtgläubige Thomas* oder der *sich-nicht-verarschen-lassende Thomas* doch eigentlich als ein Vorbild gelten und als einer der wichtigsten Heiligen überhaupt.

35 Leser, die schon einmal dort waren, werden vielleicht kritisch anmerken, dass es im Vogelpark Schmiding gar kein Spiegellabyrinth gibt, aber das ist eine i-Tüpfelreiterei, darüber diskutiere ich nicht.

Thomas-Gottschalk-Test[36] gemacht, ob er auch wirklich nichts sieht, und schon tastet er sich blind durch das Spiegellabyrinth, direkt traumwandlerisch. Weil bekannterweise werden ja, wenn der Sehsinn ausfällt, die anderen Sinne stärker, damit sie diesen Ausfall ausgleichen. So auch der Orientierungssinn.

Nach ein paar Minuten greift der Austrofred auf eine harte Stange. Sofort reißt er sich den BH herunter. Ein Stiegengeländer! Direkt vor seinem Gesicht geht eine Wendeltreppe nach oben, ins Freie. Schnell hinauf, up up up! Er reißt die Dachluke auf und befindet sich überraschenderweise auf der Einstiegsplattform zur Achterbahn[37], die Fahrt geht gerade los. Der Neidhart, sieht er, sitzt im ersten Wagen. Nein, mein Lieber, denkt er, so leicht gebe ich mich nicht geschlagen. Er rennt zur Bahn, kann sich gerade noch an den letzten Wagen dranhechten.

Mit atemberaubender Behändigkeit klettert der mutige Künstler während der rasanten Berg-und-Tal-Fahrt über die Köpfe kreischender Kinder, Wagen für Wagen, nach vorne, immer den im Fahrtwind flatternden Kimono des Kritikers im Auge. Stählern klammert er sich an den Überrollbügeln fest, zieht sich vorwärts. Jetzt nur kein falscher Griff, das könnte tödlich sein! Aber an so etwas darf man gar nicht denken. Auch ein Seiltänzer muss sich immer vorstellen, dass er auf einer breiten Straße dahingeht und nicht auf einem schmalen Seil, weil sonst wird er unsicher, und

36 Wenn beim *Wetten dass..?* ein Kandidat nichts sehen darf, dann schnallen sie ihm eine eigens für ihn designte blickdichte Brille um. Eine der Spezialitäten vom Gottschalk früher war es, dass er dem Kandidaten nach dem Brillenaufsetzen eine Watsche angetäuscht hat und wenn der sich nicht geschreckt hat, dann hat alles gepasst. Einmal ist ihm die Hand aber doch ausgekommen, und zwar bei einem Installateur, der die Temperatur von einem Wasserstrahl auf den Grad genau bestimmen hat können, rein nur durchs Spüren auf seiner Hand. Die Brille hat übrigens aus zwei Wasserhähnen bestanden.

37 Siehe Fußnote bzgl. Spiegellabyrinth.

sobald er unsicher wird, ist er schon tot. Ja, so vieles, was menschliche Spitzenleistungen betrifft, passiert im Kopf. Aber wer weiß das besser als der Austrofred. Alles, was der Austrofred in seiner Karriere erreicht hat, hat er mental erreicht.

In diesem Moment dreht sich der Schreiberling um. Mit Schrecken erkennt er seinen Verfolger, sieht, dass er immer näher kommt. Schier wahnsinnig vor Angst reißt er die Hände in die Höhe. Beziehungsweise in die Tiefe, weil die Achterbahn fährt gerade kopfüber. Da! Der Kritiker! Er fällt! Nein, Fehlalarm, es ist nur sein lachhafter Hut, der hinunterfällt. Tänzelnd segelt er zur Erde nieder, wie ein äußerst treffendes Symbol für etwas, wo ich jetzt aber nicht genau weiß, für was.

Nur wenige Zentimeter liegen noch zwischen den Kontrahenten, aber da ist die Achterbahnfahrt auch schon wieder vorbei. Panisch springt der Schmierant aus seinem Wagerl und will seine Flucht fortsetzen, der Austrofred geistesgegenwärtig hinterher. Leider eine Spur zu langsam. In Oberösterreich gibt es ein weises Sprichwort, das lautet, *die Blöden haben das Glück,* und wirklich hat der präpotente Salzburger noch ein letztes Mal eine Masen: Neben dem Ausgang steht ein Moped, unabgesperrt, er startet es an, gibt Gas. Entkommt der Unmensch am Ende gar seiner gerechten Strafe?

Aber noch ist die Jagd nicht vorbei, weil im selben Moment fährt zufällig ein Pferdefuhrwerk vorbei, wie es im rückständigen Hausruckviertel teilweise noch für die Erntearbeit verwendet wird. Schnell entschlossen springt der geniale Musiker auf den Bock, schmeißt den Fuhrknecht von seinem Sitz und schreit laut, „Entschuldigung, Notwehr!“, wobei er sich selbstverständlich im Rückspiegel noch einmal vergewissert, dass er sich nicht ernstlich wehgetan hat.

Dann presst er Vollgas mit gut 40 km/h hinter dem Moped her, schafft es aber nicht, dass er den Abstand verringert. „Hüa!“, schreit er, aber mehr gehen diese braven Haflinger nicht. Auf einmal schnalzt es: Der Neidhart hat sich bei seinem Puch Maxi verschaltet, das kostet ihn mehrere Hundertstel. Wie ein genialer Raubvogel wittert der Austrofred seine Chance. „Gemma gemma“, spornt er die Pferdln an. Schon sind sie gleichauf, liegen sie Kopf an Kopf. Feindselig schielen sie sich gegenseitig an. Es ist ein beinhartes Rennen, das sich der europaweit anerkannte Rockstar und der Provinz-Schreiberling da liefern. Circa so wie David gegen Goliath, könnte man sagen, nur dass der Goliath in diesem Fall der Gute ist.

Auf der Höhe vom Aquazoo, bei den Wassertieren, fällt dem Rock-Giganten neben dem Lenkradl (beziehungsweise neben den Zügeln) ein Knopf mit einem kleinen Messersymbol auf. Für was kann der sein? Er drückt probehalber drauf. Im selben Moment schießt aus seiner Hinterachse ein kleines scharfes Messer heraus und sticht dem Neidhart die Mopedreifen auf. *Pffffft*, macht es. Natürlich birnt es ihn voll auf. Sofort springt der Austrofred bei voller Fahrt vom Fuhrwerk herunter, direkt auf den quasi Unglückslenker, wobei er fairerweise als Allererstes seinen Körper in die stabile Seitenlage bringt, zur Sicherheit, falls er sich etwas getan hat. Kann ja auch eine innere Verletzung sein, die man nicht gleich sieht, weiß man es. Dann nimmt er ihn in den Schwitzkasten.

9

„Hab ich dich endlich, du Schlaucherl", zischt der siegreiche Sänger dem schwer atmenden Kritiker bedrohlich ins Ohr. „Schau her, das unterschreibst du mir jetzt." Er holt einen Packen Papier aus seinem Handtäschchen: Widerrufe, von ihm selbst ausgearbeitet und vorformuliert, zur sofortigen Veröffentlichung in der *Kronen-Zeitung*, im *News*, in den *Tennengauer Nachrichten*:

> *Ich, Siegfried Neidhart, gestehe, dass es sich bei meinem Artikel vom ...., betreffend den Show- und Unterhaltungskünstler Austrofred, nicht um eine ernsthafte und sauber recherchierte journalistische Wahrheit handelt, sondern um einen konzentrierten Angriff meinerseits, einen Rufmord, geschickt eingefädelt und in höchstem Maße intrigant. Ich entschuldige mich bei allen, denen ich durch mein unprofessionelles Verhalten wirtschaftlichen und emotionalen Schaden zugefügt habe, insbesondere bei besagtem Künstler, dessen Werk ich fürderhin besonders empfehlen möchte.*
>
> ....
>
> *gez. Siegfried Neidhart*

„Schau", sagt der Austrofred freundlich, aber bestimmt, „wenn du mir das unterschreibst, dann sind wir wieder gut."

„Du … hast …", presst der Neidhart mühsam aus seinem Schwitzkasten hervor.

„Ich verstehe dich nicht. Was habe ich?"

„Du hast … ja … einen Spru…"

„Einen was habe ich?"

„Einen Sprung … in der … Marille …"

Und jetzt, das muss man leider so sagen, flippt der Austrofred aus. Weil was bildet sich dieser Hammel überhaupt ein!

„Du unterschreibst das jetzt!", schreit er und würgt ihn noch fester.

„Si … cher … nicht", schnauft der Journalist, sein Gesicht zusammengequetscht unter der Achsel vom Champion. Aus so einem Verwahrungsgriff kommt so leicht keiner heraus. Trotzdem kriegt der Schmierant irgendwie eine seiner glitschigen Hände frei – blitzschnell greift er sich die Widerrufspapiere und schmeißt sie ins Becken mit den exotischen Fischen.

Im ersten Wutreflex reagiert der Austrofred jetzt genau richtig. Er tut etwas, was er schon längst hätte tun sollen und weswegen er ja in Wirklichkeit überhaupt da ist: Er zieht durch und brennt dem Neidhart eine auf, und zwar eine gewaltige. Im zweiten Reflex springt er ins Fischbecken, damit er seine sauber vorbereiteten Widerrufe rettet. Das wiederum wird sich eher als Fehler herausstellen.

„He!", schreit ihm der Kritiker nach, „da sind Piranhas drin!"

10

Steif treibt der Körper des einstmals umjubelten Rocksängers durch das von kaltem Licht majestätisch durchwirkte Fischbecken. Direkt leblos. Die farbenprächtig geschuppten Wassertiere umschwimmen interessiert den Neuankömmling, ihre Stimmung ist von Wehmut geprägt. Wahrscheinlich spüren sie in ihrem Inneren die tiefe Traurigkeit, die die Aura des nach außen hin unverwundbar scheinenden Champions umgibt, die künstlerische

Melancholie. Wissenschaftler der Universität Cambridge haben nämlich nachgewiesen, dass Fische Trauer, Schmerz und andere Gefühle empfinden können.[38]

Losgelöst von seinem weltlichen Körper, erscheint dem Sänger alles in diesem Becken von einer schwerelosen Schönheit, einer harmonischen Leichtigkeit, wie man sie mit menschlichen Worten kaum beschreiben kann, geschweige denn auf Hochdeutsch. Und wie er in diesem einzigartigen Ambiente auf seine irdische Hülle herniederblickt, da kommt es ihm vor, als würde seine ganze Karriere, ja, sein ganzes Leben noch einmal an ihm vorbeiziehen. Wie im Film. Oder – für die Nicht-Cineasten unter meinen Lesern – wie im Rausch: Da hält ihn noch seine Mutter im Arm, nuckelt er an seinem Fläschchen, kann er nicht genug kriegen. Im nächsten Moment sieht er sich im Kindergarten und beim Spielen mit seinen Lieblingskatzen Schnurrli und Muli. Er lächelt bei dieser Erinnerung. Dann nuckelt er wieder an einem Fläschchen, diesmal an seinem ersten Bier. Er erlebt seine Erstkommunion, seine Firmung, den ersten schüchternen Kuss auf dem Moped. Jetzt steht er auf der Bühne, unerfahren noch, ein junger, talentierter Keyboarder, hungrig nach Aufmerksamkeit (sowie nach Paniertem). Seine großen Erfolge tauchen vor seinem inneren Auge auf, die lichtüberfluteten Bühnen, die vollen Mehrzweckhallen. Schließlich der Karriereknick, die öffentliche Erniedrigung, die Zeit in Istanbul mit ihren wilden Partys und die Fahrt im Orient-Express … ist das wirklich erst einen Tag her?

38 Dieses Kapitel war sehr schwierig zum Schreiben, indem ich da ja nicht nur als Autor über mich selber als Romanfigur schreibe, in der dritten Person, sondern zusätzlich ist zu diesem Zeitpunkt mein Geist auch schon aus meinem Körper ausgetreten, von dem her müsste ich eigentlich in der dritten Person zum Quadrat schreiben, also im Endeffekt in der neunten. Eine neunte Person gibt es aber nicht.

Die liebreizende Gestalt der Mirjam Weichselbraun taucht jetzt vor ihm auf, als Meerjungfrau.

„Mirjam, ist es schon vorbei mit mir", fragt er die Moderatorin, „bin ich tot?"

Aber die Mirjam schaut ihn nur feenhaft an und fragt, „ja Fred, was ist denn das Problem? Kannst du denn nicht schwimmen?"

„Nein, Mirjam, das kann ich leider nicht, ich habe es nie gelernt."

„Aber Fred, schwimmen kann doch ein jeder!"

Ja, vielleicht, aber der Austrofred ist halt nicht ein jeder! Seine Fans wissen, beim Austrofred, da geht es immer ein bisschen extravagant zu, von dem darf man sich alles erwarten, nur keinen Mainstream. Und wenn alle anderen schwimmen, naja, dann schwimmt er halt nicht. Der Austrofred, der geht nie den einfachen Weg, sondern immer den ästhetisch wertvollen. Gut, vielleicht hat er sich als kleiner Bub vorm Wasser gefürchtet, weil ihm sein Opa einmal erzählt hat, dass da ein bösartiges Wesen namens Maumau drin wohnt. Das spielt sicher mit. Und später hat er die Schwimmerei dann nicht mehr gelernt, weil er sich geschämt hat. Aber ist das denn ein Verbrechen?

„Nein, das ist kein Verbrechen", sagt jetzt jemand. Es ist aber nicht die Mirjam, die das sagt, sondern ein ganz ein normaler Fisch, ein exotischer. Offensichtlich befindet sich der Austrofred schon in einem höheren Bewusstseinszustand, in dem er die Sprache der Fische verstehen kann.

„Mensch!", sagt der Fisch.

„Ja?", antwortet der Austrofred.

„Mensch, wenn du wieder bei deinesgleichen bist, dann musst du ihnen eine wichtige Botschaft überbringen."

„Ich weiß zwar nicht, ob ich jemals wieder lebend aus diesem Becken herauskomme, aber ich schwöre, wenn ich es schaffe, dann werde ich nicht eher ruhen, als dass ich deine Botschaft den Menschen mitgeteilt habe." Würdig formuliert.

„Das ist gut. Mensch, ich habe vernommen, dass es unter deinesgleichen welche gibt, die Tiere verzehren. Sag deinen Mitmenschen, dass das ein Unrecht ist und dass sie auf dem Irrweg sind. Kannst du dir das merken?"

„Ja, das kann ich mir merken ... oder wart, ich schreib es mir auf."

„Das geht leider nicht, weil unter Wasser hält kein Kuli. Mensch, kannst du dir noch etwas merken?

„Sicher, was soll ich den Menschen noch sagen?"

„Sag den Eiweißvegetariern unter ihnen, also denjenigen, die kein Fleisch essen, aber Fische sehr wohl, dass auch sie sich auf einem Irrweg befinden. Nicht nur Säugetiere, auch Fische haben Gefühle. Sie können Trauer und Schmerz verspüren, das haben Forscher der Universität Cambridge eindeutig nachgewiesen."

„Ich weiß", sagt der Austrofred, „aber ..."

„Ja?"

„Wie ist denn das mit mir selber? Darf ich jetzt auch keinen Fisch mehr essen? Keine Calamari fritti, keine Fischstäbchen, keine Forelle Müllerin? Keinen geräucherten Hering, keinen Lachsaufstrich? Das fände ich sehr schade, weil im Sommer an der Donau, ein so ein Steckerlfisch, das ist schon etwas Feines. Oder eine Dose Sardinen, wenn es mich einmal nicht freut, dass ich extrig die Mikrowelle einschalte."

„Du Narr!", sagt der Fisch, „bedenke, dass du nicht nur frisst, sondern auch gefressen werden kannst."

Dann schnippt er mit den Fingern. Lautlos nähern sich drei, vier – nein mehr, ein ganzer Trupp! – Piranhas dem Körper des Künstlers.

„Hilfe", schreit er, „hilfeeeee!!!", aber das Wasser schluckt jeden Laut.

Auf einmal sieht er ein helles, strahlendes Licht, wie er noch nie eines gesehen hat, und eine wunderschöne Gestalt erscheint, ein bärtiger Mann, der ihn mit gütigem Blick zu sich winkt. Sein Gewand ist mit Blumen verziert, in der Hand trägt er ein großes Netz. Ist das der Menschenfischer? Komm, Menschenfischer, nimm mich auf in dein Netz, hol mich zu dir …

11

Wie der Austrofred aus dem Koma erwacht, beugt sich gerade der Sigi Neidhart in seinem geblumerlten Kimono über ihn und schmust ihn ab.

„Wäh, du Sau, bist du jetzt komplett durchgedreht?!"

„Gottseidank, du lebst noch", sagt der Sigi, „ich hab schon geglaubt, wir haben dich verloren."

„Ich glaub, dir rennt es nicht mehr ganz. Was soll die Abschleckerei?!"

„Abschleckerei? Mund-zu-Mund-beatmet habe ich dich, du Depp! Wiederbelebt! Eine Zeitlang hat es nicht gut ausgeschaut für dich. Sag einmal, Fred, kannst du leicht nicht schwimmen?"

„Ich? Nicht schwimmen?! Wie kommst du denn da drauf? Ein so ein Blödsinn. Mir hat es einfach den Kreislauf ein bisschen zusammengehaut, das ist ja ganz normal nach so einer

Rennerei. Auf einmal war mir schwarz vor den Augen. Und den Kopf dürfte ich mir auch angerennt haben."

„Wenn du meinst."

„Übrigens hat der Freddie Mercury auch nicht schwimmen können, das weiß man heute. Und außerdem: Auch wenn es so wäre, das ich nicht schwimmen könnte, wieso sollte ich da auf einmal einem jedem Rechenschaft ablegen darüber?"

„Also, mir brauchst du keine Rechenschaft ablegen, mir ist das ja wurscht."

„Eben, das meine ich halt auch. Wäre ja noch schöner … Und du hast mich wirklich Mund-zu-Mund-beatmet? Bah, da graust es mich direkt."

„Was soll denn ich sagen, pfui Teufel! Du warst ja wenigstens bewusstlos dabei."

„Gottseidank! Trotzdem, ah, wie soll ich sagen … naja, danke schön halt, gell … fürs Lebenretten, meine ich … das ist schon … also … weiß ich schon zu schätzen."

„Keine Ursache."

Und damit geben sie sich die Hände und stechen gemeinsam auf ein Bier ins Aquazoo-Bistro. In der Türkei täten sie wahrscheinlich den Kopf schütteln darüber, weil die täten sich nach so einer Extremsituation stundenlang abbusseln. Aber jetzt ist der Austrofred halt nicht mehr in der Türkei, sondern in Österreich, und die österreichischen Männer gehen eben anders miteinander um. Normaler, seiner Meinung nach. Und wieso denn nicht? Spricht ja nichts dagegen. Muss ja nicht immer alles so übertrieben sein.

„Wenn ich ehrlich bin, Sigi, ist mir da drin eh schon ein bisschen entrisch geworden bei den Fischen. Ich habe direkt schon Visionen gekriegt."

„Sei froh, dass sich der Schmidinger Fremdenverkehrsverband keine echten Piranhas leisten kann, sondern nur angemalte Forellen. Weil die Piranhas hätten dich schnell zusammengekiefelt. Da hätt ich morgen eine Weltstory gehabt, die hätten mir alle Zeitungen abgekauft. Mit Handkuss."

„Sorry, dass ich dir da nicht dienen kann, alter Spezl, aber so schnell ziehe ich mir nicht den Holzpyjama an. Ein paar Karrierejahre habe ich schon noch vor mir!"

Wer sich übrigens wundert, dass der Austrofred seinen Todfeind mittlerweile schon einen *Spezl* nennt, der sei darauf verwiesen, nix für ungut, dass der gute Mann ihm immerhin das Leben gerettet hat. Also bitte. Ich meine nur.

Dazu kommt, dass er sich auf den Schrecken hin gleich zwei Hülserl hineingestessen hat, und das, obwohl er – dem aufmerksamen Leser ist das sicher nicht entgangen – den ganzen Tag nichts gegessen hat außer einer Portion Pommes Frites. Also null Unterlage. Von dem her hat er jetzt doch schon ein bisschen einen Spitz, was sehr anschaulich meine bereits beschriebene Theorie bestätigt, dass ein gewisses Mindestmaß an Alkohol im Showbiz unumgänglich ist[39] und speziell in puncto Konfliktlösung auch äußerst hilfreich sein kann.

„Weißt du", sagt der Sigi, „wir Kritiker sind ja arme Hunde. Weil wir stehen genauso in der Öffentlichkeit wie ihr Künstler. Aber ihr habts wenigstens eure Fans, die euch

39 Der Joe Zawinul hat immer gesagt, wenn einer nichts verträgt, dann taugt er nicht für dieses Geschäft. Deswegen hat er auch eigenhändig dem Vollabstinenzler Jaco Pastorius ein paar Stamperl hineingezwungen, wie der sich um den Posten als Bassist bei den Weather Report beworben hat. Und er hat Recht behalten, der Joe, weil dem Pastorius hat der Alkohol ja dann wirklich außerordentlich gut geschmeckt. Bis zu seinem viel zu frühen Tod nach einer Wirtshausschlägerei hat er für sein Leben gern genippt.

aufrichten, wenns einmal hart auf hart kommt. Zu uns Kritikern dagegen ist das Publikum immer nur brutal. Der Schachinger vom *Standard* – das darfst du aber niemandem weitersagen –, der hat oft schon geweint, wenn jemand unter einer Konzertbesprechung von ihm etwas Gemeines gepostet hat. Geweint hat er!

Und dann der Druck in der Redaktion! Das ist arg, das sag ich dir! Wenn ich heute auf *salzburg.kultur.gv* in meiner Kritik über das Bon-Jovi-Konzert im Red-Bull-Stadion schreibe, wahrheitsgemäß, dass der Jon Bon Jovi fettige Haare gehabt hat, dann steht eine Viertelstunde später garantiert mein Chefredakteur in der Tür und sagt, *Sigi, das können wir so nicht online lassen, weil die Bon Jovi sind die Lieblingsband vom Mateschitz und der hat sich den Gig den Gegenwert von einer halben Million Stierhoden kosten lassen.* Das ist so, beinhart.

Oder andersherum, Hausnummer: Ich schreibe etwas über dich. *Die Lieder vom Austrofred sind echte Klassiker,* schreibe ich, *sowohl vom Text als auch von der Musik her, die Lichteffekte sind äußerst kostspielig und der Champion ist fitter denn je und zur Zeit vergleichsweise schlank.* Du kannst dir sicher sein, dass ich da sofort einen Anpfiff kriege. So eine Lobhudelei können wir nicht bringen, heißt es dann, das geht nicht, da muss noch etwas Kritisches hinein, das braucht noch ein bisschen Pfeffer. Und am nächsten Tag lese ich die *Kronen-Zeitung* und erkenne meinen eigenen Text nicht mehr! Das soll ich geschrieben haben? Über den Austrofred? Niemals!“

Also, man muss wirklich sagen, eigentlich ist der Sigi ein feiner Kerl. Und im Endeffekt genauso ein Opfer wie der Austrofred. Sie tragen beide ihr Kreuz im selben Boot. Wie Brüder. Oder auch wie Schwestern, ist ja im Prinzip dasselbe.

Wie der Austrofred ihm von seinen professionellen Überlegungen hinsichtlich gereifterem Damenpublikum erzählt, hat der Sigi sogar ein paar ganz hilfreiche Tipps für ihn parat:

„Weißt du, Fred, ich kenne mich ja auch ein bisschen aus mit Frauen – und ich kann dir genau sagen, wie du sie am besten erreichst. Nämlich mit dem, was du vorhin im Fischbecken gesehen hast. Weil das war ja ein Nahtoderlebnis, im Prinzip, und so ein Nahtoderlebnis, kann ich dir verraten, das ist das reinste Aphrodisiakum!"

„Das reinste was?"

„Scharf macht sie das! Das ist quasi wie eine Berührung an der intimsten Stelle, wenn du ihnen so etwas erzählst, aber halt mental. Ich sag es dir, Fred, wenn du das mit deinem Nahtoderlebnis in einem Programm verarbeitest, dann rennen sie dir die Bude ein, die haben da gar keine Chance. Auf das gehen die wie die Katzen auf den Baldrian. Und das Beste ist: Damit kriegst du nicht nur die Ladys, sondern die *World of Warcraft*-Wastln gleich dazu! Etwas Besseres kann dir gar nicht passieren! Das ist", rechnet er dem qualifizierten Queen-Interpreten vor, „quasi die Quadratur des Kreises."[40]

Das klingt so verlockend in den Ohren vom Austrofred, dass er seinen neuen Freund jetzt am liebsten doch fast umarmt hätte – wäre ihm nicht im selben Moment eingefallen, dass er eigentlich längst schon wieder in Bad Schallerbach sein müsste: Der Gig beim Gesundheitsminister! Er hat vollkommen die Zeit übersehen! So schnell ist der beliebte Austropop-Grenzgänger noch nie wieder nüchtern gewesen.

40 In diesem Satz kommen vier Wörter vor, die mit Q anfangen, das muss mir erst einmal einer nachmachen.

12

„Danke, dass du mich nimmst mit. Hast du gerettet mein Leben, weil muss ich ganz dringend nach Bad Schallerbach und mit Zug ist sehr umständlich."

„Ista kein Problem, fahre ich sowieso Schallabach."

Saublöd, dass der Austrofred die Zeit übersehen hat, wirklich wahr. Wie hat ihm das passieren können? Wenigstens tritt der Gastarbeiter, der ihn mitreißt, dankenswerterweise, seinen Honda Civic ordentlich her, so kann er es vielleicht doch noch schaffen. Peinlich für seine Landsleute, dass erst wieder ein ausländischer Samariter hat kommen müssen, damit ihm ein bisschen Barmherzigkeit entgegengebracht wird, nachdem ihn vorher fünfzig Oberösterreicher mit ausgestrecktem Daumen stehen lassen haben. Aber gut, wahrscheinlich haben sie ihn nicht sehen können, weil sie durch ihre breiten Brillenbügel keine Sicht auf den Straßenrand haben. Gut möglich. Und vielleicht haben auch sein zerronnenes Make-up, der zerrissene Minirock und vor allem seine Berühmtheit den einen oder anderen eingeschüchtert.

„Wo müssen du hin genau?"

„In BVA-Heim, wenn geht."

„PVA-Heim?"

„Nein, BVA. B wie Bertha."

„Ah, habe ich gedacht, PVA. Keina Problem!"

Weil das ist ein bisschen kompliziert in Bad Schallerbach, mit den Namen, indem sie da zwei große Kurhäuser haben, wo das eine von der BVA betrieben wird, also von der Versicherungsanstalt öffentlich Bediensteter, und das andere von der PVA, der Pensionsversicherungsanstalt. Und weil es im Österreichischen von der Aussprache her keinen Unterschied zwischen einem weichen B und einem harten P gibt, sondern im Prinzip alles weich ausgesprochen wird, jetzt kommt es von dem her in Bad Schallerbach oft zu Missverständnissen. Sehr oft. In Wirklichkeit lebt die gesamte Schallerbacher Taxi-Branche[41] fast ausschließlich von den Leuten, die vom falschen ins richtige Heim transportiert werden müssen.

„Schas", fällt dem Sänger jetzt ein, „ich muss ja erst noch ins Hotel, mein Equipment holen! Ist ok, wenn wir fahren Parkhotel und nicht BVA?"

„Nix Problem. Fahren erst Hotel, dann BVA."

„Wirklich wahr? Das wäre extrem nett."

„Was hast du für Equipment? Bist du Musiker, ha?"

„Rockmusiker, ja."

„Rockmusik! Was für Instrument?"

„Sänger. Aber spiele ich auch Keyboard sehr gut."

„Ah, habe ich Cousin von Cousin, was arbeitet auch in Schallabach, putzen in Pfarrheim, auch spielt Keyboard. Sage ich dir, wenn Cousin von Cousin spielt Musik von Türkei, ist jedes Mal *hier* drin." Bei *hier* klopft er sich auf den Brustlatz seiner Bauarbeiterhose, also genau dort, wo drunter das Herz ist.

„Hast du Heimweh manchmal?", fragt ihn der Austrofred.

„Ja", sagt er mit schwerem Blick, „habe ich viel Haymweh. Nach meine Familie, meine Freunde, nach Essen. Meine Mama machta bester Köfte von Welt!"

„Oh, verstehe ich dich gut, sehr gut. Ich übrigens bin der Fred."

„Bin ich Yasir."

„Keine Angst, Yasir, alles immer irgendwie renkt sich ein."

41 Fa. Abl Alois, Fuhrunternehmen, Schubertstraße 5, 4701 Bad Schallerbach.

Ja, wahrscheinlich versteht wirklich niemand den Yasir besser als der Austrofred, der selbst ja auch einiges mitgemacht hat als Vertriebener. Aber wem erzähle ich das, ihr habt es ja mit euren eigenen Augen gelesen. Harter Stoff. Und dass er, nach allem, was er durchgestanden hat, jetzt womöglich seine ersehnte Chance verpasst, in Österreich wieder Fuß zu fassen, das darf einfach nicht sein. Er schaut auf die Uhr: Es ist fünf Minuten vor zwölf. Allerdings nur im symbolischen Sinn, in der reellen Uhrzeit ist es zehn vor acht. Um acht solls losgehen. In Wirklichkeit kann sich das gar nicht mehr ausgehen, wenn man sich das durchrechnet, aber probieren muss er es trotzdem. Weil aufgeben tut man nur einen Brief. Irgendwie, da ist er sich ganz sicher, wird er es schon schaffen. Er ist eben ein hoffnungsloser Optimist: Erst wenn ein Glasl wirklich ganz ausgetrunken ist, ist es für den Austrofred halb leer.

13

Es klopft. Mehrfach, energisch. „Herein", brummt der Austrofred ungeduldig, während er sich in sein berühmtes gelb-weißes *A Kind of Magic*-Outfit haut. Dafür hat er jetzt echt keinen Nerv, dass sich der Hoteldirektor persönlich nach seinem Wohlbefinden erkundigt – wie es ja in guten Häusern oft üblich ist, wenn ein so ein Prominenter nächtigt – oder dass am Ende gar der Schallerbacher Bürgermeister mit Geschenkkorb und Fotografen vor der Tür steht.

„Wer stört?", schreit er.

„Herr Austrofred, es tut mir leid, wenn ich Sie belästigen muss …" Tatsächlich, der Hoteldirektor.

„Ja, momentan passt es leider wirklich gar nicht. Ich muss zum Herrn Minister, wissens eh. Vielleicht können wir ja morgen ein bisschen plaudern."

„Ich fürchte, das lässt sich nicht verschieben. Da sind zwei Herren von der Polizei da für Sie."

„Die sollen sich die Autogramme für ihre Gattinnen morgen holen, dafür habe ich jetzt wirklich keine Zeit."

„Die Zeit werden Sie sich nehmen müssen", sagt jetzt einer von den Kieberern von der Tür her. „Wir müssen leider Ihr Zimmer durchsuchen."

„Brauchen Sie da nicht einen Hausdurchsuchungsbefehl?"

„Herr Austrofred, ich glaube, Sie sind zu oft im Fernsehen. Einen Hausdurchsuchungsbefehl, den gibt es vielleicht in Wien beim *Tatort* oder in Kitzbühel bei der dortigen *Soko*, aber wir in Schallerbach wüssten nicht einmal, wo wir ein Hausdurchsuchungsbefehlsformular anfordern sollten. Alsdann, Sie erlauben." Und damit marschieren er und sein Kollege willkürherrschaftsmäßig herein.

„Was suchen Sie denn überhaupt? Mit Drogen habe ich nichts zum tun, das kann ich Ihnen gleich sagen, da werden Sie nichts finden. Weil so etwas schadet langfristig nur der Kreativität, meine Meinung, ganz ehrlich. Was der Fendrich in seinem Prozess gesagt hat, das waren reine Behauptungen, da wollte er nur von sich selber ablenken!"

„Du weißt genau, was sie suchen", plärrt jetzt einer herein, „meine Platte suchen sie!"

„Passt schon, Gerdsch, reg dich nicht auf", sagt einer von den Polizisten, „das haben wir gleich."

Oje, die nennen sich beim Vornamen, das ist schlecht. Offensichtlich kennen sich die. Klar, der Ex-Fan aus dem

Orient-Express, das ist ja ein Dasiger, Grieskirchen ist direkt ums Eck. Da kann sich der Austrofred ein faires Verfahren natürlich einrexen, wenn die verspezlt sind, weil da ist ja eine jegliche Unbescholtenheit nichts wert.

„Was ist denn in dem Koffer drin, wenn ich fragen darf?", sagt der Kieberer.

„Nur mein Bühnen-Equipment und ein bisschen eine Privatwäsche."

„Aha. Den müssen wir beschlagnahmen, den Koffer."

„Beschlagnahmen? Das geht nicht, da sind alle meine Playbacks drin, die ganzen Queen-Nummern, ohne die kann ich nicht auftreten."

„Das tut mir sehr leid für Sie, Herr Austrofred, aber so ist das Gesetz."

„Eben", husst der Ex-Fan, „es gibt nämlich gottseidank noch ein Gesetz in diesem Land. Schauen wir gleich einmal hinein in den Koffer!"

Der Austrofred hätte ihn anspringen können, den blöden Hund. Weil klar, wenn die jetzt die Platte finden, dann geht endgültig alles in den Arsch. Nicht wegen dem bisschen Geldstrafe, das er vielleicht kriegt, sondern weil er dann sicher auf den Posten dackeln müsste, damit dort ein Polizist langwierig den Tathergang heruntertippt. Mit einem Finger. Und nicht vielleicht am Computer, sondern auf einer Schreibmaschine, so alt wie die Menschheit.[42] Nie und nimmer schafft er es da noch zu seinem Gig.

42 Das ist keine Übertreibung, sondern das habe ich letztes Jahr selbst erlebt, wie ich angezeigt worden bin, weil ich bei einer Tankstelle zum Zahlen vergessen habe. Unabsichtlich natürlich. „Versuchter Tankbetrug". Ich selber schreibe übrigens, damit das auch klargestellt ist, mit zwei Fingern.

„Ist das besagter Gegenstand?", fragt jetzt der Kieberer und zieht die silbrige *The Game* aus dem Koffer. Scheise.[43]

„Ja genau, das ist sie!", schreit der Ex-Fan-Depp und zeigt mit seinen Würstelfingern auf mich. „Und der da hat sie geflaucht!"

„Stimmt das, Herr Austrofred, haben Sie diese Platte entwendet?"

„Nix Üztrüfrüd", meldet sich auf einmal eine Stimme vom Gang her, „habe ich gestohlen Platte!" Der Yasir! Anscheinend hat er den Fred gesucht, der gute Mann, weil er so lange nicht gekommen ist, und dabei diese gemeinen Vorverurteilungen mit anhören müssen.

„Habe ich gestohlen Platte und versteckt in Koffer von Herr Üztrüfrüd."

„Na eben", sagt der Kieberer, „das hätte mich ja wirklich schwer gewundert, wenn ein so ein prominenter und ehrenwerter Mann wie der Herr Austrofred, der so etwas ganz sicher nicht not hat, so einen dummen Diebstahl begehen täte."

„Nichts da, der da hat sie mir geflaucht, hundertprozentig", zeigt der Ex-Fan immer noch auf das Idol. „Den anderen habe ich noch nie gesehen. Wieso soll der meine Platte gestohlen haben?"

„Das Wieso, das kannst ruhig uns überlassen, Gerdsch, weil wir haben da durchaus eine gewisse Erfahrung mit diesen Banden."

„Wo siehst du denn da eine Bande?"

„Erstens einmal bin ich im Dienst, also duz mich nicht, und zweitens hast du von solchen Sachen keine Ahnung. Wahrscheinlich handelt es sich um ein Beschaffungsdelikt. Das kommt oft vor bei solchen. Der Fall ist gelöst, glaub mir das!"

43 An den tatsächlichen Sprachgebrauch angepasste korrekte Schreibweise.

Während die zwei so dahinsempern, flüstert der Yasir dem Austrofred heimlich zu, dass er nach dem Konzert auf den Polizeiposten kommen und alles quasi aufklären soll. Er hält solange die Stellung. Aber jetzt soll er schleunigst schauen, dass er zu seinem Gig kommt. Dankbar drückt der Sänger ihm die Hand.

„Wie schauts denn aus, meine Herren, mich brauchen Sie eh nicht mehr, oder?"

„Nein, Herr Austrofred, Sie dürfen gehen. Nix für ungut, gell, aber es hat sich ja alles aufgeklärt. Und schönen Gruß an den Major Schiedl, wenn Sie wieder einmal auftreten bei ihm."

„Richt ich aus. Kann ich jetzt meinen Koffer wiederhaben?"

„Leider, den darf ich Ihnen nicht geben. Der ist als Teil der Beweisaufnahme beschlagnahmt. Und was einmal beschlagnahmt ist, das kann man nicht so leicht wieder entschlagnahmen, weil da müsste man erst eine Entschlagnahmungsbescheinigung ausstellen, und der Kollege, der bei uns am Posten maschinschreiben kann, ist zur Zeit gerade auf Urlaub."

„Wie stellen Sie sich das vor? Ich bin unschuldig, unbescholten, und soll mein Konzert nicht spielen können wegen so einem Formalscheiß?"

„Tut mir leid, aber das ist die Rechtslage, die gilt auch für einen Herrn Schlagersänger. Und der Major Schiedl, das kann ich Ihnen gleich verraten, der wird Ihnen genau dasselbe erzählen."

Und damit lacht er den Austrofred aus, eiskalt, und sein Kollege und der ehemalige Fan lachen lautstark mit. Letzterer am lautesten. Das täte er sich nicht trauen, wenn keine Kieberei dabei wäre, hundert Pro.

„Entschuldigung", sagt jetzt der Yasir, „habe ich Bitte: Darf ich machen Anruf?"

„Ja", sagt einer von den Polizisten, „einen Anruf haben Sie frei. Sie können Ihren Anwalt anrufen, oder ein Familienmitglied." Er holt das Zimmertelefon vom Nachtkastl und stellt es vor den mutmaßlichen Dieb. Der grinst dem Sänger kurz zu, aufmunternd, dann wählt er eine Nummer.

„Grüße Gott, Herr Pfarrer, ista Yasir hier. Bitte richten aus meine Cousin von Cousin, brauche ich seine Hilfe sehr viel. Soll er nehmen seine Keyboard und rennen jetzt sofort in Heim von BVA, muss er spielen die Queen-Lieder mit die Üztrüfrüd!"

Ich werde, denkt sich der Austrofred, diesem Mann ewig dankbar sein, für das, was er an diesem Tag für mich gemacht hat.

14

Wahnsinn – anders kann, nein, anders *darf* man das nicht nennen, was sich in dem gut gefüllten Speisesaal abspielt. Moderater Sound in Zimmerlautstärke dringt aus den Lautsprechern, schürt aufgeregte Energie. Erregt erleben wir die pulsierenden Schlussminuten eines Rock-Events. Hunderte Menschen starren ungläubig auf die Bühne, fasziniert von dem schlanken, dunkelhaarigen Mann, der bei dieser Show alles gegeben hat. „Pfiat eich", haucht er gerührt. Dann löst er sich scheinbar im Bühnennebel auf, entschwindet in Richtung Küche. Zwischen Abwasch und Fettabscheider atmet er kräftig durch.

Wie aus einem Traum erwacht jetzt das Publikum. Ist das Konzert denn schon zu Ende? Darf es schon zu Ende sein? Müssen wir schon ins Bett? Erste Stimmen fordern bereits eine Zugabe, sie rufen den Namen des Künstlers: „Au-to-fred! Au-to-fred!"

Au-to-fred?, wird sich der aufmerksame Leser jetzt wundern, wieso denn *Au-to-fred* und nicht *Aus-tro-fred*, mit S und R, wie der Name des Künstlers in Wirklichkeit lautet? Und wer sind diese leicht bärtigen Frauen, die ihm da so enthusiastisch zujubeln?

Ich darf das Geheimnis jetzt lüften: Und zwar handelt es sich bei besagten Flaumträgerinnen, die da nach bestem Wissen und Gewissen jubeln, um die Kurgäste der Versicherungsanstalt öffentlich Bediensteter (BVA). Leider hat es die schwerhörige Mehrheit unter ihnen, trotz viertelstündigem Jubeltraining durch einen ausgebildeten Animateur, einfach nicht gecheckt, dass der auftretende Künstler nicht das Geringste mit Autos zu tun hat – aber das ist nur ein geringer Makel an diesem triumphalen Abend, der für den Austrofred auch ein zutiefst emotionaler war. Er hat um seine Zukunft gespielt.

Angefangen hat es mit dem, dass er, wie er schon über eine Stunde zu spät aus der zur Backstage umfunktionierten Küche auf die Bühne gesprintet ist, erst einmal völlig baff war: Was ist denn da los, was macht denn dieser Pappendeckelwald auf meiner Stage? Dann kapiert er: Das müssen gut 200 oder 250 lebensgroße Austrofreds sein, die ihm der Mitter Klaus da hingebaut hat! Was für eine Kulisse! Ja, das ist eben der Klaus: Schon oft ein Dillo auch, aber ganz tief drin in seinem Herzen – wie kann ich die Emotionen, die mich bewegen, am besten ausdrücken? –, ganz tief im Grunde seines Herzens einfach auch eine grundsolide Arbeitskraft. Der Sänger spürt ein leichtes Jucken in den Tränenkanälen. Es wird nicht das letzte bleiben.

Rechts auf der Bühne entdeckt er jetzt eine Silhouette. Das muss der Cousin vom Yasir sein. Der Mann nickt ernst in seine Richtung, schiebt eine Floppy-Disk in seine Keyboard-Station. Sekunden später hört er schon die ersten Takte von *I want to break free*, beziehungsweise, wie die Nummer im Austrofred-Upgrade heißt, *Irgendwann bleib i dann dort.* Aber wie er die erste Zeile singen will, jetzt falschelt es auf einmal. Wie gibt es das, wundert sich der sonst so tonsichere Rockpoet, dem viele ein fast schon absolutistisches Gehör nachsagen, die Nummer habe ich doch schon tausendmal gesungen. Aber dann schießt es ihm: Eh klar, das Keyboard hat natürlich eine türkisch-orientalische Stimmung, da muss ich alles einen Viertelton höher singen! Er probiert es – und auf einmal geht es ganz leicht: Die Töne fügen sich quasi wie von selbst zusammen. Locker gleitet der Austro-Titan in die richtigen Harmonien, er spürt die Kraft und das Ambiente sciner eigenen zeitlosen Musik. Dann lacht er seinem Mitmusiker zu, reißt die Hände in die Höhe und tänzelt ein paar Schritte Richtung Publikum: Jetzt hat er alles im Griff. Der Champion ist wieder da!

Dabei ist es wirklich an einem, wie man sagt, seidenen Faden gehangen, dass der Austrofred sein Konzert überhaupt noch spielen hat können, nach den vielen Scherereien. Sein großes Glück war, dass auch der Minister aufgehalten worden ist, weil ihn dic Schallerbacher ins PVA-Heim geschickt haben, statt ins BVA-Heim. Jetzt sitzt aber auch er da, in der ersten Reihe, vor sich ein dampfender Roibusch-Tee – als Gesundheitsminister muss er in der Öffentlichkeit so etwas trinken – und geht voll mit dem Schlussapplaus mit. „Ein großer Künstler", schreit er mehrmals, „bravo!" Der an sich kräftige Bariton des Ministers geht im allgemeinen Jubel fast unter. „Bravissimo!"

Ein Knödel bildet sich im Hals des Champions, er wird größer und größer. Das darf ja nicht wahr sein! Er kann doch nicht zum Flennen anfangen. Ein erwachsener Mann. Die Leute werden ihn auslachen. Und erst die Journalisten! Er wehrt sich dagegen, aber es schnürt ihm den Hals zu vor Rührung. Jetzt schießen ihm schon die Tränen waagrecht aus den Augen heraus. Und das ihm, einem knallharten Profi! Wenn ihm das gestern wer gesagt hätte, er hätte es nicht geglaubt.

Aber keiner ist dem Austrofred böse deswegen, im Gegenteil. Der Minister, der Landeshauptmann-Stellvertreter, die Frau Bezirkshauptfrau, der Sektionschef Freidhager, der Diplom-Ingenieur Hüberl, die Vorsitzenden der PVA, der BVA, der SVA, der SVB, der WGKK, der KGKK, der TGKK, der OÖGKK, der NÖGKK, der STGKK, ja, die Vorsitzenden aller österreichischen Krankenkassen, alle stehen sie auf, einer nach dem anderen, sie applaudieren ihm. Die Kamera vom ORF-Landesstudio hält gnadenlos auf ihn drauf. Er kriegt Herzflattern vor Rührung, richtiggehende Flatulenzen. Hilflos steht er da und weint.

„Viele Kompliment", sagt jetzt sein Keyboarder zu ihm und gibt ihm ein Bussl aufs Ohrlapperl, „habe ich schon gespielt mit beste Sänger von Welt, mit Ferdi Tayfur, mit Gülben Ergen, mit Mustafa Sandal, aber Üztrüfrüd, bist du noch besser. Von alle Sänger bist du beste. Sollst du nicht spielen Bad Schallerbach, sollst du spielen Istanbul!"

„Habe ich schon gespielt Istanbul viele, viele Mal. Ist super Stadt, keine Frage, aber gehöre ich einfach hier, nach Österreich." Und so ist es auch wirklich.

Nach und nach stellen sich jetzt die Gratulanten ein. Der Sigi Neidhart kommt mitsamt seinem Bruder und meint, die Show war brillant, morgen wird er in der *Kronen-Zeitung* gleich eine große Story darüber machen. Der Sektionschef Freidhager sagt, der Minister war so begeistert, dass er den Austrofred nicht nur für eine Tournee engagiert, sondern er soll in jedem Kurort gleich zwei Shows spielen, eine Nachmittags- und eine

Abendshow. Für die doppelte Gage, versteht sich. Das kann er anderswo im Gesundheitsbudget schon noch einsparen, das regelt er schon. Der Mitter Klaus fragt, ob er, wenn er wieder als Assistent einsteigen würde, eine Gehaltserhöhung kriegen täte, weil er ja jetzt den Magister hat, und erhält stante pede seinen ersten Auftrag. Er soll die mit „Kichererbsen" gefüllten „Melanzani", oder was sie hier ein „Catering" schimpfen, dem Küchenchef um die Ohren schnalzen und dem Champion ein vernünftiges Schnitzel besorgen, mit Pommes und Vogerlsalat, aber dalli. Plus eine gescheite Nachspeise, eine Kardinalsschnitte im Idealfall. Und dem DJ soll er ausrichten, er soll nicht so einen Häusljazz auflegen.

Danach wird im nahe gelegenen *Hexenstadl* noch lange weitergefeiert, bis in die Früh, obwohl das Lokal, wie die Einheimischen wissen, normalerweise immer schon um halb elf zusperrt, weil da die Kurgäste im Bett sein müssen. Aber für einen Austrofred machen sie natürlich eine Ausnahme. Freilich zahlt es sich auch aus für den Wirt, weil im Laufe der Nacht zahlt der siegreiche Sänger doch noch die eine oder andere Runde. Er ladet jeden ein, der da ist. Leute, die er vorher noch nie gesehen hat. Ein solcher Triumph muss einfach gefeiert werden. Irgendwann sagt der Kellner, „Herr Austrofred, da ist ein Yasir am Telefon, irgendwas von wegen Kaution oder so", und der Austrofred sagt, „Yasir … Yasir …, das sagt mir gerade nichts. Aber richt ihm aus, er soll einfach kommen und auch mitsaufen!" Weil genauso ist er in dem Moment drauf. An diesem Tag gibt es keinen glücklicheren Menschen unter dem Himmelszelt als den Austrofred, und alle anderen sollen mit ihm glücklich sein und auch etwas haben davon.

Ja, wie er so hinaufschaut in dieses Himmelszelt, da kommt es ihm fast unglaublich vor, dass das derselbe Himmel ist, der jetzt auch in Istanbul zum Sehen ist, in Wien und im Vogelpark Schmiding, dass dieselben Sterne auch in Budapest und in Bukarest leuchten, ja, dass dieses selbe Firmament die ganze Welt umspannt, mit allen ihren Menschen und Tieren und Computern, so wie auch der Austrofred selbst in diesem Moment am liebsten die ganze Welt umspannen möchte.

15

<u>Fragwürdiges Comeback für Steuerflüchtling Austrofred</u>

Das erregt Österreich: Erst setzt Ex-Rockstar Austrofred (43) sich der Abgabenlast wegen in die Türkei ab, jetzt schlägt der Nichtschwimmer erneut unrühmliche Wellen. Für einen kolportierten sechsstelligen Betrag soll er für das Gesundheitsministerium auf „Kur-nee“ gehen, finanzieren darf der Steuerzahler. „Es entsteht der dringende Eindruck, der ‚Champion‘ habe es sich wieder einmal gerichtet“, so Nationalratsabgeordneter Peter Pilz (Grüne) in einer Presseaussendung.

Das Ministerium bestätigt in einer ersten Stellungnahme, mit dem Künstler in Kontakt zu stehen, Gehaltsverhandlungen seien allerdings noch keine geführt worden. Man gehe davon aus, dass der für sein soziales Engagement bekannte Sänger für einen symbolischen Betrag bei dieser guten Sache „dabei ist“.

Lesen Sie ab morgen die große 14-teilige Serie Ich habe ein Licht gesehen *von Dipl.-Heilpraktiker Siegfried Neidhart.*

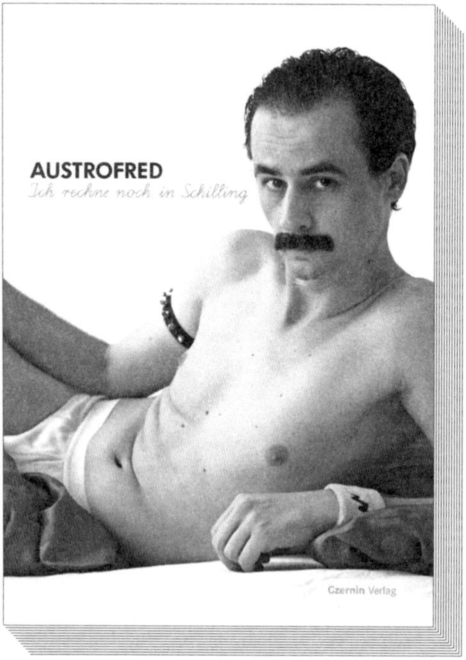

AUSTROFRED

Ich rechne noch in Schilling

Ansichten eines unbequemen Zeitgenossen

Der Champion, die unumstrittene Grand Dame des Austropop, beglückt seine Fans mit seinen öffentlichen Tagebüchern und philosophiert dabei (unter anderem) über Rockmusik, Kirche, Eurofighter, Hausbau, Psychologie, Ernährung, Landwirtschaft, Klimawandel, Fußball, Ehe, Scheidung, Sexualität, Drogen, Humor, Körperpflege, Winterreifen, Japan, Journalismus, Fernsehen, ORF, Polizei, Asfinag, Feng Shui, Ambros, Fendrich, Waterloo, Gusenbauer, Moik, Nitsch, Schönborn, Kommissar Rex, den Dalai Lama, Kunst, Genie, Mode und das Showbusiness.

„Heute habe ich mir zum Abendessen ein Paarl Berner Würstel herausgeprasselt, und wie ich ihnen da so zugeschaut habe, den Würsteln in ihrem Bauchspeckmäntelchen, wie sie auf einmal im heißen Fett anfangen, dass sie brutzelnd herumspringen und ein fröhliches Tänzchen aufführen, da habe ich direkt schmunzeln müssen. Wie schwer machen wir Menschen uns oft das Leben, wo es doch so einfach wäre, wenn wir nur ein bisschen mehr so wären wie diese Berner Würstel."

„Das lustigste Buch der letzten fünf Jahre!"

Christoph Grissemann
Willkommen Österreich

„Ein misanthropisches Humor-Feuerwerk ... zum Brüllen komisch!"

Der Standard

„Unfassbarer Witz. Unglaubliche Unterhaltung aus dem Leben eines Stars zwischen Turnhalle, Olympiaberichterstattung und gnadenloser Welterklärung."

Salzburger Nachrichten

Ich rechne noch in Schilling
Ansichten eines unbequemen Zeitgenossen
Czernin Verlag 2009, Broschur, 168 S., €15,90

AUSTROFRED

Du kannst dir deine Zauberflöte in den Arsch schieben

Mein Briefwechsel mit Wolfgang Amadeus Mozart

„Eine höchst unterhaltsame Korrespondenz zweier Ego-Maschinen."

Format

„Am Werk ist hier ein maliziöser Meister der österreichischen Eigenart, ausgesuchte Höflichkeiten mit bodenloser Gemeinheit zu verbinden. Brutal komisch."

FAZ

Du kannst dir deine Zauberflöte in den Arsch schieben
Mein Briefwechsel mit Wolfgang Amadeus Mozart
Czernin Verlag 2010, Broschur, 168 S., €15,90

Hörbuch:
Du kannst dir deine Zauberflöte in den Arsch schieben
Mein Briefwechsel mit Wolfgang Amadeus Mozart
Gelesen von Austrofred und Heinz Zuber
Hoanzl 2010, 4 CDs, Gesamtlaufzeit: 263 min, €19,98

A match made in Heaven: Der österreichische Jahrtausendkomponist Wolfgang Amadeus Mozart im Briefwechsel mit dem noch österreichischeren „Rock-Champion" und Freddie-Mercury-Impersonator Austrofred. Zwei Entertainmentgenies, durch zwei Jahrhunderte getrennt, durch die Erfahrungen zweier herausragender Künstlerleben vereint: Kreativität, Ehrgeiz, Tourstress, musikalische Sensibilität, Politik, Liebe und die liebsten Konkurrenten (was dem einen sein Salieri, ist dem anderen sein DJ Ötzi) sind nur einige der Themen dieser Werkstattgespräche auf allerhöchstem Niveau.

„Lieber Wolfgang, wie gerne wäre ich einmal ein Mauserl und würde mich bei Ihnen in der Musizierkammer umschauen, wie so Ihre Hits entstehen. Schreiben Sie stundenlang durch oder machen Sie immer wieder mal Pausen? Sind Ihre Notenblätter vorliniert oder ziehen Sie die Linien selber mit dem Geo-Dreieck? Haben Sie beim Komponieren Ihre Perücke auf, genau so wie man sie von den Bildern kennt, oder hängt sie im Bad? Und was trinken Sie bei der Arbeit? Ein Kaffeetscherl? Oder genehmigen Sie sich lieber ein kühles Bier? Auch das kann ich mir gut vorstellen, weil in Salzburg ist ja bekannterweise die Braukunst (Stiegl) fast schon so ausgeprägt wie die Komponierkunst, und das will etwas heißen. Ja, das sind so die Fragen, die mir durch den Kopf gehen, wenn ich mir eine CD von Ihnen hineinziehe – *Woiferl, how did you do it?"*